Le gros Garçon

LES SOIRÉES DU DIVAN

19

Le gros Garçon

par

MARCEL BOULENGER

PARIS

LE DIVAN

37, Rue Bonaparte, 37

—

MCMXXVI

Il a été tiré de cet ouvrage :

Sur Japon Impérial : 15 exemplaires marqués, dans l'ordre des lettres de l'alphabet (A à O), et deux exemplaires hors commerce ;

Sur vélin de Rives 100 exemplaires numérotés en chiffres romains (I à C), et 10 exemplaires hors commerce ;

Sur bel alfa bouffant : 800 exemplaires numérotés (1 à 800), et 50 hors commerce.

A FERNAND VANDÉREM

I

— Je ne comprends pas que tu aimes ce gros garçon.

Ainsi parlait le jeune Olivier Sibourt, romancier. Il s'adressait à Marcelle Pirenne, une « poule », comme on disait en mil neuf cent vingt-trois. Et ceci se passait au Casino de Deauville, avant le dîner.

— Ne t'en fais pas pour moi, je t'en prie, reprit Marcelle d'un air pincé.

Et comme elle était vexée, elle affecta de regarder d'un autre côté, en tripotant ses perles.

Mais Olivier Sibourt ne s'en tint pas là. Il dissipait — sans peine — à Deauville l'argent d'un prix littéraire qu'il avait reçu, et s'attachait aux pas de « cette curieuse Marcelle ». Il l'observait avec une attention passionnée. Comme il écrivait des romans psychologiques, rien ne lui échappait, rien ne devait lui échapper. « Le métier veut ça », disait-il.

Soudain, pourtant, Marcelle se mit à rire.

Quand tu auras fini, quand vous aurez tous fini de chiner Gérard, j'aurai un bon conseil à vous donner, moi : « Tâchez de plaire comme lui. Ça vous calmera. »

La phrase était bien trouvée, car Olivier Sibourt se fit aussitôt tout miel, tout lait et tout venin pour répondre de sa voix la plus douce :

— Oh, pour ma part, Marcelle, je ne peux pas avoir la prétention de plaire, ni surtout de te plaire comme ton fameux Gérard. Il a une peau qui correspond à la tienne. Rien à faire : Gérard est beau, Gérard est délicieux Gérard est distingué...

— Ça, tu peux le dire !

— Et je le dis. Ce n'est pas parce qu'il me fait crever de jalousie que je vais nier ses mérites. Tu ne sais pas ce que c'est qu'un écrivain français : un chevalier, ma chère !... N'empêche que ton Gérard est moralement un gros garçon.

Pareille obstination avait de quoi donner à Marcelle une crise de nerfs ou, comme on eût écrit jadis, des vapeurs. D'ailleurs ce « moralement »...

— Moralement !... fit-elle. Qu'est-ce que ça

signifie ?... Dieu ! que c'est prétentieux, des gens
de lettres !... Il n'y a pas de « moralement »
qui tienne. Un Gérard Lavergne, mon petit, avec
le chic et la race qu'il a, tu n'arriveras jamais
à déprécier cet article-là. S'il était ce que tu dis,
d'ailleurs, ça se verrait : il aurait de sales gestes,
ou rien que l'air un peu... comment te faire comprendre, innocent ?... enfin, un peu... rageur, ou
gueule de bourgeois qui boude, si on le contrarie
— comme toi, tiens !... Mais au contraire, tu
n'as donc pas vu son allure ? Et puis cette façon
d'envoyer à n'importe qui n'importe quelle insolence, quand même ce n'importe qui serait le
pape en personne, avec sa garde suisse et ses
cardinaux ?... Suffit qu'il entre seulement dans
un restaurant, il n'y a plus rien dans la salle,
on ne s'occupe que de lui. Ah ! s'il se fait servir,
celui-là ! Et avec le sourire encore ! Car tu ne
peux pas trouver plus poli, dès qu'il s'adresse
aux garçons et aux gens du vestiaire. C'est seulement ses pareils qu'il traiterait comme de la
poussière, ou les femmes...

— Même toi ?

— Même moi ! Et je m'en fous, vrai comme
je le pense. Je vais te confier un secret, mon

Sibourt, tu mettras ça dans un livre : Quand Gérard me méprise, eh bien, cela ne me froisse pas, tant je le sens supérieur à tout le monde. Ah ! en voilà un qui fait prince !

— Marcelle, écoute-moi : je te répète que M. le comte Lavergne est, au fond, un gros garçon. Un Jeannot, si tu préfères.

Pour le coup, c'en était trop. Encore plus découragée, décidément, par la sottise d'Olivier Sibourt — et notez qu'il passait pour avoir de l'esprit ! — qu'exaspérée par une si ridicule obstination et cette basse jalousie, Marcelle renonça. Elle changea donc brusquement de conversation et demanda, de sa voix la plus blanche, à la façon des dames en visite :

— Beaucoup de monde aux courses, aujourd'hui ? J'avais une telle migraine, tantôt, que je n'ai pas pu sortir.

— C'est comme moi, chère madame. Je suis resté dans ma chambre à sangloter.

— A sangloter ?...

— Naturellement. A cause de Marcelle Pirenne qui m'empoisonne la vie...

Cependant, le badinage s'arrêta net. Marcelle se troublait, rosissait. A la porte, là-bas, le « gros

garçon » venait de paraître. C'était un joli jeune
homme svelte et fort bien mis, d'une trentaine
d'années tout au plus. Son nez, son air jouaient
les marquis de théâtre. Il criait singulièrement
en parlant, et semblait toujours sur le point de
détacher d'une voix de tête : « Holà, Sganarelle !
Va-t'en prévenir la présidente qu'elle ne m'at-
tende pas ; je soupe chez le roi. »

Il portait son smoking à ravir. Un ami et deux
femmes, non moins emperlées que Marcelle, le
suivaient bien plutôt qu'elles ne l'accompa-
gnaient. Encore un peu, il leur donnait des
ordres, à la cantonade.

Allons, Olivier Sibourt se trompait. Le comte
Gérard Lavergne témoignait une désinvolture
élégante et beaucoup d'autorité ; il paraissait tout
le contraire d'un naïf et d'un « Jeannot ».

Marcelle Pirenne qui devait dîner avec son
Gérard, s'était levée, comme mue par un ressort,
à peine si elle prit congé de Sibourt. Le potage
n'était pas encore servi, d'ailleurs, que Gérard la
taquinait déjà :

— Et ton auteur, Marcelle ? Tu l'aimes toujours ?... Vous savez, mesdames, qu'elle en est
folle !

Cette femme charmante lui lança un regard chargé de passion, et murmura doucement, comme le plus tendre des reproches :

— Idiot !

- Ma foi, ça se peut, répliqua Gérard ; mais moi, c'est sans le faire exprès. Tandis que les écrivains, comme Sibourt, si jamais ils disent une bêtise, ils ont réfléchi avant. C'est bien plus grave.

Et Marcelle demeura saisie d'admiration devant tant d'à-propos, pensa-t-elle, de science et de sagesse.

II

Avant le premier plat, néanmoins, un incident se produisit.

Gérard se montrait étincelant, ce soir-là ; c'est-à-dire qu'il parlait beaucoup, toujours du haut de sa tête, mais avec une espèce de suite, et en terminant à peu pres toutes ses phrases. Dès qu'un homme du monde en fait tant, il éblouit.

Les trois femmes l'écoutaient presque respectueusement, l'orchestre versait là-bas ses mélancolies pathétiques, et le jeune comte Lavergne répandait sans compter les trésors de sa dédaigneuse expérience.

— De l'altesse royale ? faisait-il. Non, je n'ai pas d'altesse royale dans ma collection. Je ne tiens pas ça... Voyez-vous, mes enfants chéries, il faut se montrer vraiment trop mal élevé pour plaire à de la femme couronnée, ou qui pourrait l'être. Tout le monde est si convenable avec ces malheureuses! Un voyou, ma foi, ça les change, ça les délasse ; or, moi, jouer au voyou...

Ces dames s'exclamèrent : « Je comprends !... Un Gérard Lavergne !... D'une telle allure !... Ce serait dommage... »

— Tu ne voudrais tout de même pas redescendre au gigolo, maintenant? dit Marcelle. Ces sales petits-là n'ont positivement pas d'éducation, ou s'ils en ont eu dans le temps, ils l'ont bien oubliée ; ça cause comme à la chambrée, et puis, pour finir, ça vous emprunte trois louis, aux courses, pour les mettre sur un tuyau.

— Et encore, un faux tuyau ! Penses-tu qu'on leur donne les bons, à ces morveux?... D'ailleurs, le plus souvent, ils aimeraient mieux crever que d'aller aux courses ; la plupart restent devant leurs glaces à se faire une beauté.

Mais ici encore, Gérard avait son mot à dire, en homme qui connaît la société jusqu'en ses replis secrets et ses nuances les plus inattendues. Il y mit autant de mépris que de bonhomie, ce qui forme un mélange des plus appréciés dans les grands cercles, les grands bars et les grands salons.

— Que voulez-vous, déclara-t-il — s'écria-t-il

plutôt, puisqu'il se fût cru déshonoré de sembler croire un instant qu'il n'était point absolument seul avec ses amis en ce restaurant, ainsi qu'en une île déserte — oui, que voulez-vous, les garçonnières sont devenues hors de prix et même introuvables. Jusque dans les hôtels, on n'est jamais sûr de récolter une chambre libre, il faut attendre... Alors, comment s'y prendraient-ils avec les dames, ces pauvres enfants ? Je me rappelle que nous autres, avant la guerre...

— Tu n'avais seulement pas vingt ans, mon chéri, en mil neuf cent quatorze.

— Mon premier amour remonte à mil neuf cent, l'année de l'exposition. Ce fut une négresse. J'étais dans ma septième année.

— Dégoûtant !

— Chacun son idée... Enfin, avant la guerre, quand une femme nous avait jugés à peu près mettables, nous savions du moins où lui donner rendez-vous ; il y avait des petits appartements par milliers, dans tout Paris, et qui ne coûtaient pas cher. Allez courir après, aujourd'hui ! Excepté s'il est milliardaire, ou exceptionnellement veinard, un gigolo n'a plus le moyen matériel de rencontrer une femme du monde, quand celle-ci ne peut pas lui offrir le logement, et un bon feu... Ma foi, dans ces conditions, ces jeunes messieurs...

Mais, à ce moment, le maître d'hôtel survint portant un télégramme sur une assiette :

— Monsieur le comte, un chasseur du *Normandy* l'apporte à l'instant.

— Une dépêche... Pourquoi ne me l'a-t-on pas donnée quand j'ai quitté l'hôtel ?

— Le petit dit qu'on a cherché monsieur le comte partout.

— J'étais au bar. Ce n'était pourtant pas malin de m'y trouver. Enfin, n'importe... Mesdames, vous permettez ?

Et il rompit la bande. Il devint un peu pâle.

— Qu'est-ce qu'il y a ? fit Marcelle très inquiète... Pas de grand bobo, j'espère ? Elle paraît bien longue ta dépêche.

— Ce n'est rien... Dînons.

Seulement, au bout de dix minutes, la pâleur de Gérard s'accentuait, et il se levait de table :

— Je vous demande pardon, je me sens un

peu incommodé. Voulez-vous bien vous faire servir sans moi... Je vais prendre l'air quelques instants, cela me remettra... Je reviens tout de suite.

Or, il ne revint pas, et ne comptait point revenir, attendu qu'il avait murmuré au maître d'hôtel, en quittant la salle du restaurant :

— Pour l'addition, vous direz là-bas, à ma table, que c'est payé, tout est pour moi.

Il marcha longuement en vue de la mer, le long des villas, fit un tour au bassin des yachts, puis gagna le *Normandy*, et derechef se promena sans fin dans sa chambre.

Son téléphone retentit soudain.

— Allô... C'est Mme Pirenne qui est en bas, et demande si Monsieur n'est pas souffrant, s'il n'a besoin de rien ?...

— Non, non, dites à Mme Pirenne que je la retrouverai, d'ici une heure, à la salle de jeu.

Mais Gérard Lavergne n'alla point jouer, cette nuit-là, et, tout au contraire, se coucha. Encore ne s'est-il endormi qu'une grande heure après.

Le télégramme contenait ces mots :

Votre mère se meurt, et vous appelle à son

chevet, château Saint-Genest, route de Lille, à Roubaix. Venez immédiatement, si voulez la trouver vivante. Vous téléphonerai demain matin, huit heures.

Abbé Meunynck.

III

Il y a — s'il ne pleut pas — une heure charmante à Deauville : celle où le jeune soleil
paraît, après l'affreuse aurore, après ce sournois
compromis entre le jour et la nuit, après cette
lueur louche et ses instants de glace. Si l'Aurore
a, comme on dit, les doigts roses, il faut que ce
soit de froid.

Mais une fois formé le soleil bien rond, tous
les oiseaux chantent sur toutes les branches de
tous les jardins. Ils vocalisent, ils s'égosillent, le
firmament n'est plus que cristal sonore, argent
qu'on brise et perles qui roulent.

Or cet hymne quotidien des oiseaux éclate avec
une joie délirante, à Deauville, splendidement
ignoré de tous. S'il se trouve des noctambules
attardés, en effet, vers les quatre heures du
matin, ou bien ils ont bu, ou ils sortent du jeu
en supputant soit leur gain, soit leur déveine.
En ville, au *Normandy*, partout on vient de se

coucher, on dort. Quelque barque prend-elle la mer? C'est donc qu'elle va pêcher, et se soucie des moineaux moins que du poisson... Un homme, néanmois, entendit le concert étourdissant sans en rien perdre, ce matin-là; ce fut Gérard Lavergne qui, dès l'aube, s'éveillait déjà.

Il était en vérité torturé par cette dépêche mystérieuse. Sa mère se mourait?... Mais quelle mère ?

Gérard se croyait orphelin. On lui avait dit, en son enfance, qu'il n'avait plus de maman, que celle-ci était morte en le mettant au monde.

Il avait parfois demandé un portrait, ou quelque photographie : mais on lui répondait avec embarras qu'il n'y en avait point, que « madame la comtesse » n'avait rien laissé.

Il n'avait jamais connu que des *nurses*, puis des institutrices, puis un abbé. Très régulièrement, on lui avait ordonné, et ensuite conseillé de prier pour le salut éternel de celle à qui il devait d'être : M. l'abbé, surtout, ne s'était guère expliqué plus précisément. Aucune allusion nette, et aux moindres questions, ce n'étaient que phrases vagues et dérobades.

Lorsqu'il eut quinze ans, cependant, il avait

pensé découvrir le secret de sa naissance. Son père, M. le comte Lavergne, dont l'embarras égalait en cette circonstance la gravité, l'avait une fois mandé :

— Mon enfant, lui avait dit cet homme important, membre influent de plusieurs cercles, mon enfant, viens t'asseoir près de moi, j'ai à te parler sérieusement.

Sur quoi, Gérard s'était attendu que son père l'entretînt de Longchamp, d'Auteuil et des vicissitudes de son écurie de courses, ce que celui-ci ne manquait pas de faire, chaque fois qu'on lui voyait ce visage-là. Mais point : il s'agissait de bien autre chose encore !

— Te voilà grand garçon, avait poursuivi le comte Lavergne. Il y a un secret que je ne dois plus te cacher. Je ne t'ai pas souvent parlé de ta mère : c'est que ce sujet me gêne beaucoup... Enfin... en deux mots, Gérard, mon petit, tu es mon fils, et régulièrement, authentiquement reconnu : mais... je n'étais pas marié avec celle qui t'a fait naître... C'était une personne... comment te dire ?... Bref, penses-y comme à une personne à qui je ne pouvais songer à donner mon nom. Elle ne se trouvait pas d'une famille, ni d'un rang social qu'on eût admis dans notre monde... Je t'ai recueilli, élevé. J'ai agi de mon mieux. Je crois avoir fait mon devoir... Saisis-moi bien, mon enfant : tu t'appelles légitimement Lavergne, tu n'es pas ce qu'on nomme un bâtard, ni le fils d'aucun adultère : tu es né hors du mariage, voilà tout.

Le jeune garçon n'avait d'abord rien répondu. Stupéfait et en outre horriblement intimidé, il s'était expliqué soudain bien des mystères : toutefois, d'émotion, il demeurait ahuri et coi. Aussitôt qu'il eut recouvré la voix, cependant, et comme il était encore à l'âge où l'on s'attendrit tout de suite, il avait demandé, presque en larmes :

— Est-ce qu'elle est vraiment morte..., maman ?

— Mais oui, mon petit : en te mettant au monde.

Néanmoins, Gérard avait fort bien remarqué que son père n'avait point ajouté : « Hélas !... » Cela se fait, pourtant, c'est même de règle : et Dieu sait si le feu comte Lavergne les observait, les règles, et s'il ne se fût pas suicidé plutôt que de ne pas faire ce qui se faisait !

Cet homme traditionnel, ce mondain scrupuleux avait dit encore, Gérard s'en souvenait à merveille :

— Je cause aujourd'hui avec toi comme avec un homme, mon petit. A toi de m'en remercier en t'efforçant de bien me comprendre, et de réfléchir comme si tu étais déjà majeur. N'oublie pas, n'oublie jamais que si le monde...

(Avez-vous entendu quelque honnête et digne curé de campagne faire le catéchisme aux enfants du village, et prononcer au cours de son allocution : « Notre Saint-Père le Pape... » ? Ainsi feu M. le comte Lavergne formulait-il ces deux mots sacrés : « Le monde. »)

— N'oublie jamais que si le monde commence à colporter partout que tu es un enfant naturel, quoique hautement et parfaitement reconnu, tu seras perdu. Oui, oui, perdu !... On ne t'admettra pas dans les cercles, ou bien l'on t'y fera grise mine. On t'écartera des salons. Ne parlons pas d'un mariage : les enrichis du matin eux-mêmes tiqueraient sur cette tare originelle, car ils la qualifieraient de cette manière. Il n'y a pas jusqu'aux Américaines qui ne voudraient pas de toi. Qu'est-ce qui te restera ? Les petites gens... On sait évidemment, ou du moins quelques personnes savent que je n'ai pas été marié. Toutefois, il y a longtemps déjà que tu es né, et j'ai fait le silence. Tu es instruit à l'Ecole Saint-Georges, où les Pères se montrent très bons pour toi, et où tu rencontres des camarades appartenant aux meilleures familles. Tu portes un nom connu, j'espère que tu entreras à Saint-Cyr, et que tu feras un bon officier, un bon cavalier : ta vie peut donc se dessiner dans la perfection. Mais si la qualité de fils naturel te tombe sur la tête, elle t'écrasera, mon garçon. Le monde est comme ça.

— Il est bien méchant ! avait soupiré le pauvre petit.

— Rien à faire, que de se soumettre, ou d'en sortir !... Je ne suppose pas que tu veuilles sortir du monde ?

La physionomie du comte Lavergne avait exprimé, à ces mots terribles, une telle horreur et une telle tristesse, que le jeune Gérard, réellement pénétré d'épouvante, avait répondu : « Oh, non, mon père !... » du ton qu'avaient les premiers martyrs en déclarant devant les lions du cirque : « Je suis chrétien ».

— Eh bien, en ce cas, reprit le père réconforté, garde ton secret, notre secret, envers et contre tous ! Pour l'univers entier, tu es le fils du comte et de la comtesse Lavergne, malheureusement décédée lors de ta naissance. C'est bien compris ?

— Oui, papa !

— Et si une fois quelqu'un a l'air bizarre, tu fais semblant de ne rien voir, pour éviter tout scandale. Ou bien, tu le gifles, s'il est de ton âge.

— Oui, papa !

— Et de ton monde, bien entendu.

Cette scène, inoubliable pour Gérard Lavergne, avait eu lieu le 16 juin 1909. Et depuis, plus un mot, plus un signe, rien. Jamais le comte Lavergne n'avait fait la moindre allusion, ni prononcé une syllabe qui eût rappelé à son fils la mère inconnue, et d'ailleurs décédée depuis quinze années. Gérard craignait et respectait son père, dont la compétence, voire mieux, la science en fait de courses et de chevaux était fameuse jusqu'en l'Ecole Saint-Georges : un seul entretien sur un sujet aussi difficile et embarrassant que celui de la naissance « hors mariage » leur avait donc suffi, à tous deux. Il ne s'était pas renouvelé. L'un comme l'autre craignaient l'effort inutile, et même tout effort.

Puis Gérard était devenu bachelier, tant bien que mal, nonobstant plus d'un échec : et des dames de café-concert se l'étaient disputé.

Après quoi, il avait perdu son père, et contracté des dettes prodigieuses, à force d'offrir des soupers, des perles, et d'acheter des poneys de polo. Des femmes aux noms de parfums ou de valses lentes enguirlandaient alors ses jours et ses nuits.

Enfin il était entré dans un régiment de hussards afin d'y accomplir son service militaire : la guerre l'y trouvait en 1914... Aujourd'hui, il passait pour un séducteur achevé, un roué plein d'une assurance merveilleuse, disaient les bienveillants, d'une insolence intolérable, déclaraient les envieux, d'une impertinence exquise, avouaient tendrement ces dames.

A mesure que les années, cependant, avaient suivi les années, Gérard avait de mieux en mieux compris l'importance vraiment capitale du secret que son père s'était un jour risqué à lui dévoiler en partie. Comme il était jeune, et presque irrésistible — ou du moins, ce qui revient au même, on le disait entre le pavillon d'Armenonville, le Trocadéro, Sainte-Clotilde et la Madeleine — une extraordinaire quantité d'envieux le tenaient en

haine et mépris : combien ceux-ci se fussent
trouvés heureux de lui jeter à la tête sa naissance
irrégulière, s'ils l'avaient sue ! Les gens du monde
tiennent ainsi en réserve de terribles obus toxi-
ques et gaz délétères, qui n'empoisonnent que
leurs pareils, mais sans merci : et ils en usent
avec une prodigalité d'artilleur dont les muni-
tions ne s'épuiseraient jamais.

Quant aux vieux amis du feu comte Lavergne
qui connaissaient à peu près l'état civil de
Gérard — mais non sa mère dont nul n'avait vu
le propre visage, ni entendu prononcer le nom
véritable — ils avaient pris tout doucement l'habitude de se taire sur ce point. Le petit Gérard et
ses millions avaient été adoptés : on les avait
reçus, lui comme eux, dans les meilleurs cercles
et la société la plus sévère. Conditionnellement,
il est vrai : si, en effet, le jeune et brillant comte
Lavergne avait prétendu se marier, et apporter
colliers de perles, automobiles, rang honorable
dans les Mondanités des journaux, etc., à quelque demoiselle bien élevée, c'est-à-dire au courant des généalogies princières et ne pouvant
s'empêcher de penser en anglais, vous eussiez
entendu, alors, comment les parents des autres

demoiselles également bien élevées, non moins savantes en cousinages émouvants, et pensant tout aussi involontairement en anglais, vous eussiez certes entendu comment ces parents soudain rivaux eussent par jalousie traîné le bâtard et l'enfant trouvé dans la boue ! On se fût, en pareil cas, demandé avec fracas si ce Gérard avait eu réellement pour mère la cuisinière de son père, ou quelque tenancière de cabaret louche, dont le feu Lavergne, satyre à ses heures, avait acheté le silence, ou plutôt encore la femme X. ou Y., aujourd'hui au bagne, pour ne dire que cela.

Tant il y a que devinant confusément un tel péril, Gérard s'était prudemment gardé de toute tentative pour se marier : il se trouvait bien de mener une vie insouciante, heureuse, parmi des femmes chaque jour de moins en moins cruelles, puisque de mois en mois, de semaine en semaine, sa réputation de ravisseur d'âmes avait grandi, et que la publicité mène le monde. Il allait par la ville et les champs, les cercles et les châteaux, gai, insolent, à la fois familier et plein d'une morgue négligente, le verbe haut, très haut, l'accent impeccable dans la langue sacrée —

l'anglais, naturellement ! — appelant les ducs par leurs petits noms, invité partout, adorant tout ce qu'il est bien d'aimer, écœuré par tout ce qu'il serait mal vu d'apprécier, enfin parfaitement satisfait dans le charmant, dans le commode éclat de la faveur mondaine...

Et puis, voilà que subitement un abbé inconnu lui venait parler d'une mère mystérieuse, et qui se mourait !... Mais quelle mère, encore un coup ? Et tout ceci, n'était-ce autre chose que la plus inconvenante des mauvaises plaisanteries ?

On concevra sans peine pourquoi Gérard avait si peu dormi. Il attendait avec angoisse la communication annoncée dans la dépêche. Avant sept heures du matin, il avait déjà pris son bain, il était rasé, poncé, brossé, sanglé, prêt à tout. Il avait prévenu l'hôtel que l'on devait lui téléphoner, que c'était très important, qu'on fît bien attention de ne point couper ni embrouiller les fils... Et cependant, il fumait des cigarettes, essayait de lire des journaux de la veille, un guide qui traînait, l'indicateur. Il tenta même la rédaction d'une lettre : après la lecture, l'écriture, toutes les folies !...

Huit heures cinq, rien. Huit heures un quart,

huit heures vingt, rien. Vers huit heures et demie, enfin : « Allô... On vous parle de Lille. » Quel battement de cœur !

Une voix grave, calme et triste, très polie :

— C'est à monsieur le comte Gérard Lavergne que j'ai l'honneur de parler ? Je suis l'abbé Meunynck, de Lille. J'ai eu votre adresse à Paris. C'est moi qui vous ai télégraphié hier.

— Parfaitement, monsieur l'abbé.

Gérard bredouillait, positivement.

— Monsieur, j'ai le triste devoir de vous annoncer que Mme Acrambelle, votre mère, se trouve au plus mal. Elle se meurt d'un cancer au foie, il est à peine croyable, disent les médecins qu'elle puisse durer encore quarante-huit heures.. Or, Mme Acrambelle vous a déjà réclamé plusieurs fois : elle reconnaît encore un peu...

— Mais, monsieur l'abbé, qui est cette Mme Acrambelle ?

— Votre mère... Peut-être l'ignoriez-vous, en effet ? Une lettre, plusieurs lettres...

— Enfin... Vous comprendrez ma surprise...

— Sans doute. Je ne la prévoyais que trop.

— Vous me parlez d'une personne dont j'entends le nom pour la première fois de ma vie.

Mon père m'a toujours dit que ma mère était décédée lors de ma naissance... D'ailleurs, qui êtes-vous ? Je ne vous connais pas davantage...

— Vos étonnements s'expliquent assez. Je suis l'abbé Meunynck, premier vicaire de l'église Saint-Charles-du-Pont, dont dépend le château de Saint-Genest. Mme Acrambelle m'honorait de toute sa confiance. Venez à Lille, monsieur...

A ce moment se produisit, bien entendu, l'inévitable accident : « Allô, vous causez ?... » fit distraitement la demoiselle du téléphone, prête à reprendre sa ligne. Le hurlement de Gérard, cependant : « Je cause ! Ne coupez pas ! » fut tel, si épouvanté comme si furieux, que la demoiselle toute saisie n'insista point. L'entretien reprit :

— Venez à Lille poursuivit le prêtre et par le premier train. Demandez-moi à l'église Saint-Charles-du-Pont : je ne m'en éloignerai pas, mon logement est contigu. Je vous donnerai le mot de ce qui est pour vous, je le vois, une grande énigme. Je tiens à votre disposition plusieurs lettres de feu M. votre père, un document surtout fort important... Le voyage de Lille n'est pas bien long.

— Mon Dieu, non, évidemment... Si vous pouvez me jurer...

— Monsieur, en tant que prêtre et en tant qu'homme, je vous donne l'assurance que vous devez déférer au vœu de votre mère mourante. La fille de Mme Acrambelle, votre demi-sœur, est d'ailleurs prévenue, et c'est partie en son nom que je vous téléphone...

— Sa fille !... Et... il n'y a pas autre chose ?

— Comment?

— Pas d'autres enfants, veux-je dire ?

— Mlle Marthe Acrambelle est fille unique.

— Eh bien... et M. Acrambelle ?

— Madame votre mère est depuis longtemps veuve... Donc, monsieur, je me permets de souhaiter votre présence, au plus tôt, auprès du chevet de celle qui s'en va...

Le cerveau de Gérard crevait, pour ainsi dire, à l'égal d'un sac de gaze où l'on eût laissé tomber des balles de plomb.

Stupéfait, ahuri, lâchant le gouvernail et laissant tout aller, il répondit d'une voix résignée, docile :

— C'est bien. Je serai demain matin à Lille. J'irai à l'église Saint-Charles-du-Pont. Je demanderai M. l'abbé Meunynck...

— J'aurai l'honneur de vous attendre, monsieur...

Et deux heures après, l'automobile de Gérard partait à toute allure. Il se rendait à Paris afin d'y prendre le train aussitôt que possible. Déjà recommençait la pluie, qui prêtait à la Normandie l'aspect d'un océan d'herbe glacée. On se sentait comme enlisé déjà dans les boues du Nord. Pleut-il toujours ainsi, à Amiens, à Cambrai, à Lille ?...

« Comme c'est triste, Lille !... » songeait Gérard, qui n'y était jamais allé.

IV

Lorsque Gérard toucha, palpa, tint entre ses mains le document qu'on va lire, il se crut réellement perdu.

C'était une lettre adressée jadis, en l'an 1893, par son père à une demoiselle Léonie Lurot, qu'il tutoyait :

« ... Je suis sensible, disait cette lettre, aux vexations que tu me décris, et dont on t'accable en ta ville de Langres. D'autre part, je veux bien admettre que cet enfant, dont tu m'annonces la venue, puisse à la rigueur être de moi : quoique rien ne soit moins prouvé. Je n'étais pas ton seul amant, ma pauvre petite, tu le sais bien, et je ne l'ignore pas non plus : il y avait plus d'un officier de dragons, à Langres, hélas ! Néanmoins, je me reprocherais de te laisser dans la misère en des circonstances pareilles : c'est une question de conscience autant que de religion. Je ne veux pas qu'un enfant dont on pourrait — entre plusieurs pères présumés — m'attribuer la responsabilité, reçoive une éducation que je n'approuverais pas.

Bref, je te propose ceci : tu iras faire tes couches à Paris, à mes frais, et je prendrai le bébé à sa naissance. Je me trouve célibataire, et libre : il sera donc élevé comme mon propre fils. J'irai peut-être jusqu'à l'adopter ensuite légalement, s'il me donne satisfaction. Mais de ton côté, tu t'engageras à ne point le revoir, en aucun cas, nulle part. J'entends être le maître absolu de son avenir et de ses relations. Est-ce chose convenue ? En ce cas, écris-le-moi, en toutes lettres.

Réfléchis : il y a de grands avantages pour toi en cette combinaison. Plusieurs mois à mes frais, un petit dont tu n'entendras plus parler, et personne, pas même ta mère en son hospice, ne saura rien. Libre à toi ensuite de continuer ta vie comme tu l'entendras... »

Cette demoisselle Léonie Lurot, lui avait confié l'abbé Meunynck, qui alors subissait à Langres la misère et la « réprobation publique », avait mené par la suite sur le pavé de Paris une existence indigne, et voire lamentable, jusqu'au jour qu'un commissionnaire enrichi, de Nantes, M. Félix Acrambelle, l'eût recueillie, aimée, finalement épousée : cet homme simple, bon, et toujours en voyage, pleurait au récit que lui faisait de ses malheurs Léonie Acrambelle, son épouse bien-aimée, et vénérée. Ces malheurs, toutefois, étaient de maintes sortes, et avaient notamment trait aux difficultés des premières années ainsi qu'aux angoisses d'une vertu jadis cruellement tentée, et persécutée : mais ils ne concernaient jamais ni Langres, ni sa garnison, ni le comte Laverne, ni l'épisode dangereux de l'accouchement clandestin et du petit garçon élevé au loin. Il fallait que Mme Acrambelle n'eût aucun scandale en son passé : elle n'en avait point. Quelle fût presque une sainte : elle l'était.

Et quand M. Acrambelle mourut, en 1906, Mme Acrambelle devint une sainte véritable. Elle avait alors trente-six ans, elle était mère d'une fillette, en possession d'une grande fortune, et accablait d'or les pauvres, l'église, communiait chaque semaine : il eût fait beau voir qu'un enfant du temps jadis fût venu gâcher cette excellente situation bourgeoise !

A mots couverts et très discrets, l'abbé Meunynck contait toute cette histoire, assez gênante, à Gérard qui l'écoutait sans mot dire, les yeux ronds et les mains posées sur les genoux. Et l'insolence du petit comte Lavergne ?... Ah, elle était loin, en ce moment !

— Comprenez-moi bien, poursuivait l'abbé, je n'étais pas seulement le directeur de Mme Acrambelle, mais son ami. Elle avait voulu m'honorer de toute sa confiance. J'avais mission d'administrer — le mot n'est pas trop fort — ses aumônes. Elle exigea mes faibles conseils dans la rédaction de son testament. Elle me fit formellement promettre, dès qu'elle se sentit, hélas, à peu près condamnée, de vous avertir lors de ses derniers instants : elle tenait à ce que ses deux enfants lui fermassent les yeux... Croyez-moi, monsieur, je n'ai rien ignoré de l'existence, jadis un peu heurtée, de celle qui fut votre mère : or, je puis en témoigner très hautement, la pitié et la bonté d'une telle vie l'emportent, et de très loin, sur les pauvres vicissitudes du début...

Gérard recevait, coup sur coup, des sentiments inaccoutumés, ainsi que l'on reçoit des rafales de pluie. La tristesse de ce presbytère, la voix si grave du prêtre, cette image d'une femme à la fois drôlesse autant que vertueuse, aventurière non moins qu'épouse parfaite, cette sainte, disait l'abbé, voilà de quoi éteindre, dérouter l'âme toute luisante et craquante, légère et craintive d'un homme de plaisir. Ces gens-là, tout les étonne, au fond. On les croit intrépides viveurs, habitués à considérer sans trouble les pires extravagances des circonstances ou des passions humaines. Un roué, pense-t-on, cela en a vu de toutes les couleurs !... Pas du tout. Le monde a ses règles, même pour les plus dissipés, et quiconque observe ces règles vit comme dans un pensionnat ou au régiment : à telle heure, on fait ceci ; voici, pour telle chose, la seule méthode autorisée ; ceci est amusant, c'est permis ; ceci est ennuyeux, c'est défendu ; on doit se divertir, on doit rire, on doit considérer avec sarcasme tout ce qui pourrait rompre avec le tran-tran de la fête ; on doit... il faut... Après cela, poussez dans l'univers ces espèces de soldats ou de collégiens : les voilà tout ébaubis.

Gérard se sentait ici sans soutien ni guide. Aucun lord, aucun duc non plus qui, en pareille conjoncture, eût fait ceci ou cela : nul précédent, pas la moindre tradition mondaine à suivre... Il se perdait, il se noyait. Seul, un reste de bonne tenue l'empêchait de l'avouer. Du reste, les mots lui eussent manqué. Un homme comme il faut ne cherche point à exposer ni commenter un trouble qu'il éprouve : cela ne se fait pas. Il dit : « J'ai des embêtements. » Et d'un mouvement de sourcils, il ajoute sans paroles : « C'est très délicat : comprenez que je n'insiste pas, et admirez ma discrétion. »

L'abbé poursuivit :

— Naturellement, si Mme Acrambelle m'eût révélé le secret de votre naissance au seul tribunal de la pénitence, j'aurais dû n'en parler à personne, pas même à vous. Mais c'est au conseiller, et non au confesseur qu'elle en a fait l'aveu... Du reste, aucune contestation de famille, aucune difficulté même n'apparaissait à ses yeux non plus qu'aux miens. Pour la question de l'héritage, nulle question ne se posait : tous les biens allaient naturellement à la fille légitime, Marthe Acrambelle, héritière universelle... en dehors des quelques libéralités, importantes certes, mais pieuses et dignes d'une profonde gratitude, que consentit la défunte envers notre chère paroisse et divers hôpitaux... Votre mère ne voulait que vous apercevoir autour de son lit de mort, et depuis longtemps déjà la pauvre disparue m'avait fait jurer de vous appeler quand ce douloureux moment serait venu... J'ai seulement l'immense regret de m'y être pris un peu tard, hélas !...

L'abbé Meunynck fit un signe de croix, et se tut. Il fallait dire quelque chose, sous peine de passer pour un être dénaturé. D'ailleurs, Gérard se sentait assez ému... Sa mère ?... Il ne l'avait jamais vue : mais il y avait pensé souvent, à l'Ecole Saint-Georges, au cours des tristes heures d'études... ou lors de sa première communion... et aussi pendant la guerre, plus d'une fois... Et puis, il n'en pouvait plus, ce garçon : toutes ces secousses, en deux jours ! Il avait positivement besoin de pleurer... Rien, du reste, ne s'y opposait : dans la bonne société, dans la sienne enfin, on marque assez mal si l'on se répand en discours comme un bohème de la Canebière ou un cuistre de journal ; mais il est permis d'avoir les larmes aux yeux, quelquefois, à propos de certains événements, soit de l'histoire d'Angleterre soit de famille. Dans ce dernier cas surtout, on peut — jusqu'à un certain point — se laisser aller à quelques pleurs, lorsqu'on en a trop l'envie : or, le jeune comte Gérard Lavergne, surmené, avait du chagrin, à la fin des fins !

— A quelle heure, demanda-t-il d'une voix très changée, Mme Acram... ma mère a-t-elle rendu le dernier soupir ?

— Hier soir, monsieur, vers onze heures. Et Dieu la reçoive en sa paix !

— Ah... et qui l'a veillée ?

— Mais nous trois, tour à tour, Mlle Marthe Acrambelle, la sœur Saint-Philippe, qui l'a soignée en qualité d'infirmière, moi-même... Mlle Marthe surtout, dont l'immense douleur fait peine, s'est montrée admirable, la pauvre enfant. Malgré sa fatigue surhumaine, et les soins, pour elle si pénibles, qu'elle dut prodiguer à sa mère dès le début de sa maladie, comme pendant la plus torturante agonie, à peine si elle a consenti à reposer cette nuit pendant une ou deux heures : bien avant l'aube, elle exigeait déjà qu'on la transportât de nouveau dans la chambre mortuaire.

— Comment, qu'on la transportât ?... Est-elle malade, elle aussi ?

— Ah, c'est vrai, vous ne savez pas... Presque depuis sa naissance, la pauvre Marthe Acrambelle

est infirme, les jambes paralysées. On la roule
dans une petite voiture...

Infirme, une petite voiture !... Pour le coup,
Gérard perdit pied définitivement, ce dernier
trait l'achevait. Et qu'allait-il dire à une infirme,
qui en outre était sa demi-sœur, devant le corps
de sa mère défunte?... Depuis sa prime enfance,
il n'avait vu autour de lui que des femmes de
chambre bien habillées, des nurses qui étaient
ou qui désiraient paraître en bonne santé, puis
des personnes fardées, parfumées, obligatoire-
ment gaies, sinon même fringantes, ou bien
encore maussades et grognons, soit, mais d'une
maussaderie de luxe, d'un pessimime de chez
Maxim. Une vraie tristesse, il ne connaissait
guère cela. Un être frappé par une maladie incurable, et pis encore, par une infirmité, il savait
bien qu'il en existait : toutefois il ne pensait
jamais qu'aux mutilés de guerre, qu'il respectait
sans en avoir assez pitié, sans doute parce qu'il
avait couru les mêmes risques, en somme, et que
s'il avait gagné à ce jeu terrible, mon Dieu, c'était
question de chance pure. Eux, les héros, avaient
perdu, mais il se sentait toujours un peu leur
camarade : il les imaginait toujours jeunes,

comme lui... Enfin l'on voit qu'il n'y pensait pas beaucoup, ni bien profondément. Gérard avait son cercle, ses belles amies, le polo, les courses : il ne pouvait songer à tout.

C'est pourquoi cette jeune fille à jamais blessée, sa sœur, l'épouvantait. Voilà donc enfin qu'il se sentait timide devant une femme... Cet embarras indicible, et tout neuf, ajoutait encore à son émotion — à son malaise, ainsi qu'il se disait.

Un léger silence étant tombé, l'abbé Meunynck crut devoir proposer à Gérard de le conduire au château de Saint-Genest. On ne mettrait le corps en bière que vers le soir, et l'enterrement aurait lieu le lendemain, ou le surlendemain.

— Vous pourrez donc contempler encore, pendant quelques heures, le visage de Mme Acrambelle. La grande sérénité de la mort est descendue sur elle, et la douleur l'a émaciée, ces derniers jours : cependant, ses traits n'ont guère changé.

Gérard se leva, docile et doux :

— Allons, fit-il...

L'abbé s'étant mis debout, lui aussi, le jeune homme désemparé se sentit malgré lui fort petit garçon devant ce grave prêtre qui semblait le juger, sous la protection du crucifix dominant la pièce. Il se hâta d'ajouter, avec autant de modestie que de sincérité :

— Je tiens, moi aussi, à veiller la morte.

C'était bien sec, ce « la morte... » Mais pour le petit comte Lavergne, arrivé de Deauville à l'instant, il y avait là presque un cri du cœur.

En quittant le presbytère, Gérard demanda à l'abbé Meunynck où il pourrait acheter des gants noirs : car les siens ne lui paraissaient plus convenables. Leur daim épais, couleur forêt d'automne, leur doigts énormes semblaient plus propres à étreindre le fouet de chasse ou le volant d'auto qu'à toucher avec déférence, avec crainte, à des choses tristes... Et d'ailleurs, de pareils gants étaient trop beaux, encore un peu, on les eût remarqués dans Lille.

C'était comme ce maudit parfum — mélange numéro 31, chez Chanel — qui précédait partout Gérard...

Ah, quelle gêne ! Quelle appréhension !... Et ce cœur qui battait !

V

Ce fut donc un jeune homme recueilli, silencieux, fort convenablement ganté de noir, et
plongé en secret dans la pire anxiété, que l'abbé
Meunynck mena jusqu'à la chambre mortuaire.

Mlle Marthe Acrambelle ne s'y trouvait point,
n'ayant sans doute pas voulu, par un scrupule
délicat, que ce fils aperçut la dépouille de sa mère
en présence d'une tierce personne, quelle que fût
celle-ci. Seule était en prière, près du corps, la
sœur Saint-Philippe : celle-ci se releva, quand
parurent le prêtre et son compagnon, s'inclina,
et sortit. L'abbé, à son tour, s'agenouilla.

Gérard crut devoir en faire autant : mais non
pour prier, car il n'eût même pas retrouvé les
mots d'un « Notre père », il ne quittait pas des
yeux le visage de la morte. Ainsi, voilà sa mère,
sa propre mère ?... Un bandeau blanc, imma-
culé, pareil à la mentonnière des religieuses,
maintenait la bouche close. De profondes rides

prêtaient à ces traits aujourd'hui glacés un aspect
de sévérité assez hautaine, encore que très douce,
comme il arrive le plus souvent. Dans le dessin
du nez, de l'arcade sourcilière, on retrouvait
certes la ressemblance de Gérard : mais il fallait
observer bien minutieusement pour découvrir, à
la longue, quelque rapport de lignes entre ce
masque transfiguré par la noblesse terrible de la
mort et la frimousse d'un muscadin, celui-ci fût-
il à cent lieues de rire, fût-il même bouleversé.

L'abbé se signa.

— Je vous laisse, monsieur, fit-il à voix basse.
J'ai maintenant à faire à l'église. Je reviendrai
dans deux heures. Vous savez d'ailleurs où me
trouver si vous le désirez.

Et Gérard demeura seul, en face des cierges,
du bénitier, du corps... « Ma mère, se disait-il
avec stupeur, ma mère... » Mais avec émotion
aussi. Emotion, ou rappel de son enfance, ou
inquiétude, il ne savait plus, il ne s'y reconnais-
sait plus...

Ce n'était pas la première fois qu'il évoquait
ce fantôme jusque-là sans forme et sans figure,
mais délicieux : « Une mère... ma mère... » En
dépit de toute sa fatuité, Gérard s'attendrissait

souvent, quand ne se trouvaient céans ni camarade du cercle, ni femme, ni personne devant qui jouer au blasé, à l'insolent, au méprisant. Il avait été jadis un petit garçon fort gâté, beaucoup trop riche, non pas antipathique pourtant. Il adorait les livres d'images : or, on y prêtait toujours aux mamans des rôles infiniment tendres. Et Dieu sait en quels termes ses maîtres de l'Ecole Saint-Georges parlaient de celles qui avaient donné le jour aux chers élèves, et surveillé leurs premières tentations !

La première tentation violente de Gérard — il avait alors quatorze ans — s'était appelée Lucrezia : elle chantait de petits rôles au casino de Cabourg. Cette demoiselle un peu fanée le recevait en négligé dans la villa minuscule où elle logeait. Quelquefois elle lui permettait une privauté pas bien méchante, qui le gonflait d'orgueil. Un jour, cependant, après la visite de certain Argentin aux cheveux bleus : « File, gamin, lui avait dit Lucrezia en montrant la porte de son ongle peint en rouge. File vite, et ne reviens pas. José ne veut plus te voir. »

Jamais notre Chérubin de plage n'avait encore tant souffert d'humiliation, d'amour, de solitude, qu'en cet après-midi dont il se rappelait la date : : 17 août. Il avait pleuré jusqu'au soir en errant sur les sables, et tout doucement, tout bas, le pauvre gosse abandonné murmura cent fois parmi ses gros sanglots : « Maman... »

M. le comte Lavergne, son père se trouvait aux courses de Deauville en ce jour de détresse. Le soir, en se mettant à table : « Tu me sembles pâlot, mon garçon, avait dit cet homme excellent, mais en proie à bien d'autres soucis... La mer ne te réussit pas. Pourquoi l'an prochain, n'irais-tu pas en Suisse, avec l'abbé Pigeon, ton précepteur? Vous feriez des ascensions, tous les deux. Vous ne vous ennuieriez pas. »

Gérard, aussi, eût bien été le seul soldat à ne pas appeler sa mère à l'aide, pendant les quatre années terribles. A de certains instants, il avait suffi que le sous-lieutenant Lavergne eût perdu la notion de tout, à force d'horreur, ou de froid ou de misère et d'ennui, pour que le cri éternel de toute l'humanité lui fût d'instinct monté aux lèvres : « Maman !... » Il était orphelin. Mais on lance cela comme : « Au secours! » C'est quand l'âme se brise.

Et cette nuit affreuse — bien avant la guerre,

pour le coup ! — où Gérard, même point bachelier, avait perdu au poker quatre mille francs, empruntés le matin même à un usurier : et à quel taux, pour un mineur ! Avant de faire à son père un tel aveu, combien le pauvre gigolo avait senti qu'une femme manquait dans la maison ! On a besoin de deux bras qui s'ouvrent, d'une épaule contre laquelle on sanglote : « Si tu savais, maman !...»

Et Mlle Irène Sthéphanopoli, avec ses yeux de jade et son corps pareil à une tige... Son père lui avait dit : « Je te défends de voir ces gens-là ! » Qui sait ce qu'une mère frémissante eût répondu aux confidences de son garçon blessé d'amour ? « Mon petit, eût fait sans rudesse la voix dont rêvait Gérard, laisse passer le temps. Plus tard, si tu l'aimes encore, cette jeune fille, nous verrons... »

Trois mois après, d'ailleurs, il avait bien vu lui-même, dans un parc de juin où neigeaient les seringas... Mais que de fois le petit comte Lavergne, las de son rôle un peu dur de séducteur et de vedette parisienne, ah ! que de fois n'eût-il pas donné tant de boucles dorées, ou brunes, ou du plus précieux châtain, pour une chère tête grise ! On ne l'avait jamais tendrement grondé, au déjeuner : « Tu t'es encore couché bien tard. Tu te rendras malade, mon enfant... »

Or, elle reposait là, sous ses yeux, la tête grise... Aussi bien ne voyait-on guère les cheveux : il ne semblait pas qu'ils fussent blancs comme ceux d'une douairière. Quel âge pouvait avoir Mme Acrambelle ? Cinquante, cinquante-cinq ? Vingt-cinq ans de plus que son fils Gérard, apparemment.

La sœur Saint-Philippe rentra dans la pièce, sans faire plus de bruit qu'une ombre.

— Monsieur, dit-elle, murmura-t-elle plutôt avec un grand respect, ce sont les dames de la *Coopérative chrétienne* qui apportent des fleurs. Elles voudraient revoir une dernière fois leur bienfaitrice.

— Eh bien, mais qu'elles viennent ! répondit assez vivement Gérard.

Il était gêné qu'on le traitât comme s'il fût de la famille. Alors, tout le monde savait donc, même cette religieuse ? Il s'imagina déjà suivant l'enterrement, et laissé au premier rang, grâce à une entente tacite de l'assistance : la ville entière de Lille le remarquerait, on se le désignerait d'un regard curieux et apitoyé, ou malveillant. La presse locale saurait son nom, l'imprimerait à coup sûr. Or, d'un journal lillois aux feuilles de Paris, une nouvelle court vite, pensait-il. On ne peut se figurer à quel point les personnes de la plus dédaigneuse société jugent naturel de voir leurs moindres gestes reproduits et commentés dans les gazettes : il n'y a qu'à observer leur dépit lorsque le moindre rédacteur les oublie. Après quoi, elles se plaignent d'un air excédé : « C'est insupportable, on ne peut faire un pas sans être signalé. Il faut vraiment que ces gens-là n'aient rien à dire ! » Gérard prévit que des échos odieux et sans nombre allaient paraître dans le *Figaro*, le *Gaulois*, l'*Echo de Paris*, la *Vie Parisienne*, le *Journal*, etc., et, au besoin, l'*Œuvre*, le *Merle Blanc...* A peine née, son émotion filiale fut là tentée habilement par le démon.

Les dames de la *Coopérative chrétienne* parurent : elles étaient au nombre de cinq, et se suivaient à la file. Il y en avait deux très vieilles, et trois d'un âge imprécis : mais des vêtements presque identiques, noirs et comme resserrés par économie, les habillaient. Elles déposèrent des

fleurs du même geste, firent une prière commune, puis lancèrent à Gérard un regard désolé,
toutes les cinq ensemble, et dirent à mi-voix en
s'adressant partie à la morte, partie à la sœur
Philippe, mais surtout à Gérard :

— Quelle perte immense !

— Pour ses amis, comme pour toutes les
infortunes...

— Elle s'est trop prodiguée...

— Personne ne la remplacera...

— Elle emporte bien du bonheur...

Gérard discourait avec beaucoup d'aisance
pour un garçon d'éducation mondaine, il témoignait même une réelle faconde à table ou au polo :
mais il n'avait aucune habitude de ce genre
d'éloquence funèbre, et ces cinq respectables
dames lui faisaient perdre la tête, lui que
n'eussent fait taire ni princesse, ni reine à Paris,
lui qui eût péroré plus haut que personne, et
pour ne rien dire de plus que personne, d'ailleurs, dans n'importe quel salon du faubourg ou
du XVIᵉ arrondissement.

Il faut avouer que ces dames de la *Coopérative
chrétienne* convenaient mieux que lui à cette vaste
chambre mortuaire, tendue entièrement de la

plus horrible soie rose et maïs, tellement éteinte que tout vêtement un peu frais ou bien coupé y prenait des airs de défi, de censure et de leçon.

Et non seulement la chambre de la défunte semblait à la fois prétentieuse et ridicule, ou plus précisément à la mode qui « faisait riche » dans les départements les plus reculés en l'an 1895, mais tout le château de Saint-Genest était ainsi bâti. Le château ! Un château sur la route de Lille à Roubaix, ce pays tout plat, ce lac de macadam et d'herbe mince, encombré d'aigres maisons en briques et pierres de suie, un des lieux les plus tristes du monde !... Qui dit château, dit aussi pelouses, ombrages, eaux qui rêvent : or, Saint-Genest n'était qu'une grande maison dont la grille bordait la route. Un espace de gravier, en vérité considérable, et encadré par quelques petits peupliers, plantés et entretenus là non sans peine, séparait des passants l'étrange bâtisse, à laquelle un portail énorme était ajouté comme un faux nez sur un visage : une caricature monumentale.

Gérard n'entendait rien à l'architecture, art difficile, où l'intelligence décide autant que le goût : mais on le recevait dans un grand nombre de vieilles demeures, nobles et charmantes, de châteaux vénérables et de belles maisons harmonieusement construites, tant il y a qu'un bâtiment dérisoire et manqué le choquait instinctivement, tout de même qu'un habit confectionné à la grosse eût offensé sa vue parmi les fracs de dandys assemblés. « Ma mère », songea-t-il... Il se reprit : « Le mari de ma mère n'était pas très distingué. »

Que ne devint-il pas, néanmoins, quand la sœur Saint-Philippe étant rentrée dans la chambre, non moins silencieusement qu'elle en était sortie, coula dans l'oreille de ces dames : « Je crois que Mlle Acrambelle serait heureuse de vous voir... » puis aussitôt ajouta : « Monsieur, si vous voulez venir également... Je puis prendre ici votre place, pendant quelques instants, si vous le désirez. »

C'était presque un ordre. Gérard obéit, la gorge contractée, les mains tremblantes : on ne lui laissait guère le choix, il est vrai. Il suivit les cinq dames de la *Coopérative chrétienne* à la façon dont flotte une épave.

Au seuil d'une pièce obscurcie par les rideaux tirés, les dames avancèrent d'un pas lent, quoique sans nulle hésitation, vers un point que Gérard avait tout d'abord peine à distinguer en ces demi-ténèbres. Leur petite troupe s'arrondit autour de leur objectif, ainsi qu'un peloton en manœuvre : après quoi, elle se penchèrent, individuellement, chacune précédant sa voisine, vers un être menu et plaintif, emprisonné comme Scarron dans un fauteuil à roulettes. Elles embrassèrent cet être malheureux, chétif, prononcèrent rapidement les phrases rituelles, à raison d'une par dix secondes et par personne, et enfin se retirèrent en bon ordre, laissant en face l'un de l'autre Gérard et le pauvre être dans un silence terrible. Gérard, très pâle et tout désemparé, et le pauvre être, Marthe Acrambelle, encore bien plus secouée, encore bien plus anxieuse, étouffant d'émotion, le souffle arrêté, la poitrine rompue !

— Mademoiselle... fit-il...

Mais, miséricorde ! qu'allait-il dire ensuite ? Il n'apercevait de sa demi-sœur qu'un grêle tas d'étoffe, une sorte de frêle squelette ployé en boule, à la manière des oiseaux malades : doublement infirme, Marthe Acrambelle était bossue. Mais deux flambeaux ardents illuminaient cette misère, deux prunelles de jais en fusion, deux yeux éperdus de colombe captive et haletante en la main : l'âme de Marthe Acrambelle était un feu bouillant, une lave de foi et de bonté, qui eût allumé la croisade, ou ramené Lucifer aux pieds d'un vicaire de village !

Il est possible que le comte Gérard Lavergne en personne ait frissonné de piété devant cette âme-là, qu'on voyait à nu, qui parlait déjà, avant même qu'un seul mot eût été prononcé par la pauvre impotente en sa chaise roulante.

VI

Marthe Acrambelle, du reste, n'a point laissé longtemps Gérard dans l'incertitude. Elle s'est montrée plus prompte à prononcer des mots, la provinciale débile, que lui, grand parleur au milieu des perles ou dans le tapage des salons. Ce n'était pourtant pas qu'elle ne se trouvât presque mourante d'appréhension et de timidité : mais elle se sentait du moins accoutumée aux circonstances tristes, qui ne la surprenaient guère, sa vie d'infirme n'étant que désastre et résignation depuis sa naissance. Puis elle portait en elle la secrète, l'indomptable énergie d'une pieuse fille que la phrase : « C'est mon devoir ! » ferait monter sur un bûcher.

Elle se pencha vers lui, le regarda de ses yeux brûlants et doux, comme si elle eût voulu, sans toutefois lui faire mal, le percer jusqu'à l'âme, et lui dit d'une voix qui se rompait à chaque

instant, — non certes qu'elle hésitât, seulement
l'émotion l'étranglait :

— Monsieur... monsieur Gérard Lavergne...
je sais... je suis au courant... notre chère abbé
Meunynck m'a appris... Oui, je connais les liens
qui vous unissaient... à ma mère...

Elle détourna la tête :

— A notre mère... Je vous remercie d'être
venu.

— C'était la moindre des choses.

Ainsi parla donc ce dandy. « C'était la moindre
des choses... » Une petite dame a reçu d'un
invité quelques fleurs avant un dîner : « Vous
m'avez trop gâtée », fait-elle en minaudant.
« Mais, chère madame, c'est la moindre des
choses », répond l'hôte bien poli. Il y a des
formules qui montent aux lèvres sans qu'on y
pense.

— Un jour, deux jours plus tôt, poursuivit
Marthe Acrambelle, et vous la trouviez vivante.

La maigre figure de la bossue, toute ridée malgré sa jeunesse, ne put se tenir d'exprimer un
regret, et qui sait, un blâme, — vite réprimé
d'ailleurs.

— Oh, du reste, maman vous aurait-elle

reconnu ? Elle a conservé sa tête presque jusqu'au dernier moment... Mais il y a déjà longtemps qu'elle vous avait rencontré, sans doute pour la dernière fois. C'était avant la guerre.

— Comment, mademoiselle ?... Rencontré ?...

— Mais oui. Cela vous étonne ? Vous ne le le saviez pas ?... Il y a un portrait de vous dans notre album, je vous le montrerai : il doit remonter à huit ou dix ans, ou douze, si vous voulez... Vous semblez tout jeune. C'est à Monte-Carlo, je crois.

— J'y suis allé plusieurs fois.

— Cette photographie m'intriguait. Je disais toujours à maman : « Pourquoi donc gardes-tu ce monsieur-là parmi nos portraits de famille? » Elle me répliquait : « C'est le fils d'une de mes grandes amies d'autrefois. » J'ai dû tant la gêner avec mon éternelle question stupide ! Moi, à ce moment, j'ignorais, vous comprenez. Il n'y a pas plus de huit jours que l'abbé m'a raconté...

Le plus sournois et inavouable souci venait de peser à nouveau sur l'esprit de Gérard : qu'était-ce encore que cette histoire de photographie? Alors, son portrait traînait maintenant à Lille, dans un album de famille, au milieu de

gens inconnus? Qui empêchait qu'on ne le prêtât à des journalistes, qui le reproduiraient?...
Il insista, malgré lui :

— Mais pardon, cette photo de moi... à Monte-Carlo...

— Eh bien?... Elle est prise sur la terrasse du Casino, je crois. Il y a bien une terrasse? Car vous devinez que je ne me suis jamais traînée là-bas, moi.

— D'où vous vient donc ce cliché? C'est une photo d'amateur?

— Mon Dieu, oui, je pense.

Les yeux ardents de la bossue s'étaient cachés sous leurs paupières sensibles, pareilles à certaines paupières à demi-transparentes d'oiseaux. Elle était choquée de l'intérêt subit que portait son demi-frère à ce détail mesquin : le vieux portrait de l'album, sa provenance, le décor qu'il représentait... Quoi, tandis que sa mère reposait sur son lit de mort, dans la chambre voisine, il fallait s'occuper d'une photographie?

Marthe Acrambelle, cependant, dérobait son regard autant par étonnement que par délicatesse, ne voulant point paraître désapprouver Gérard. Elle souhaitait obscurément de pouvoir l'aimer comme un frère. Obscurément aussi, elle désirait qu'il ne fût point indigne d'un sentiment si pur et si affectueux.

Après un très petit silence, Marthe enchaîna très courageusement, et assez vite pour que Gérard ne s'aperçût de rien :

— L'enterrement aura lieu demain, la mise en bière à la fin de l'après-midi... n'est-ce pas ?

Elle le consultait. C'était lui donner à entendre, avec une réserve et une bonté extrêmes, qu'il faisait un peu partie de la famille. « N'est-ce pas, semblait-elle dire, cela vous convient..., mon frère ? »

Gérard le sentit, au moins un peu. Il eut un mouvement gentil, prit la main décharnée de Marthe dans les siennes. Il n'en fallait pas tant pour que la pauvre enfant éclatât en sanglots. Lui, serrait doucement les longs doigts fragiles. Voilà que derechef il oubliait Paris, Deauville. « Ma mère... », se redisait-il... Il était orphelin, en somme.

La crise de larmes passée, Marthe Acrambelle s'excusa presque.

— Vous savez, je l'aimais tant! Elle était si tendre, si confiante, elle m'a tellement gâtée! Je n'ai pas été heureuse dans la vie, mais ce n'est vraiment pas par sa faute : elle m'a entourée d'attentions inouïes, ma maman chérie !... Ah, elle était née pour faire une maman, celle-là !... Si vous aviez pu éprouver son affection immense, vous aussi !... Je comprends bien des choses, allez, maintenant. Très souvent elle me câlinait : « Ma petite, me disait-elle, ma seule petite, je n'ai plus que toi... » Plus que toi ? Je croyais qu'elle songeait à mon père en prononçant ces mots : mais non, elle pensait à vous... Un jour, elle a murmuré, je me le rappelle parfaitement... Il faut vous dire que j'ai souvent des heures de souffrances très dures, je suis toute percluse et torturée par des douleurs de reins, de tête, enfin, je ne vaux pas cher dans ma guenille de corps : or, quand mes misères me prenaient, maman ne me quittait ni jour, ni nuit, elle me berçait comme un bébé, c'était à la fois mon infirmière et ma nourrice... Un jour donc, un jour de martyre, je me souviens qu'elle a murmuré : « O mon Dieu, pourquoi faut-il que vous ayez frappé l'une, quand l'autre est tellement radieux ?... » Sur le moment, je n'y ai pas fait attention, j'avais si mal, d'ailleurs ! Mais aujourd'hui que j'y

repense... c'était encore vous qui la hantiez, vous,
l'autre, le radieux !... »

Aucune amertume, aucune envie. Marthe
regardait cette fois son frère bien en face, avec
toute la pureté de la flamme en ses chaudes prunelles. Elle était ingénue et passionnée, comme
les saintes.

— Si j'avais supposé, répétait maintenant
Gérard... Si j'avais pu me douter...

Il ne terminait point, ni en paroles, ni même
en pensée : à quoi se fût-il en effet résolu, « s'il
avait pu se douter ? » Il n'en savait réellement
rien dans cette minute-ci.

— L'enterrement, reprit Marthe Acrambelle,
aura donc lieu après-demain matin. Les faire-
part sont envoyés. J'ai une vieille cousine, à Lille,
qui veut bien s'occuper de tout cela. Et puis, il
y a l'abbé, la sœur Saint-Philippe... Vous êtes
probablement descendu dans un hôtel ? Je n'ose
pas vous offrir l'hospitalité, notre maison malheureuse est en déroute : mais considérez-vous
ici comme chez vous... Vous êtes chez votre
mère... Je regrette...

Elle s'interrompit. Mais le visage de Gérard
l'interrogeait avec une vraie sollicitude.

— Oui, je regrette de ne pas vous avoir connu plus tôt. Hélas, tout s'y opposait, je m'en rends bien compte : ce n'était pas possible... Mais peut-être que maintenant... enfin, plus tard... A mon âge, vous comprenez que le qu'en-dira-t'on, je ne m'en soucie guère !

La question de l'âge préoccupait extrêmement Gérard, de même qu'elle tourmente les jolies femmes.

— Vous êtes bien plus jeune que moi, observa-t-il avec empressement. Je suis né en 94.

Marthe secoua la tête.

— Regardez-moi...

Le jeune homme eut pitié, et timidement :

— Considérez-moi comme votre frère véritable, fit-il.

Il n'en avait peut-être jamais tant dit à personne. Promettre son âme et sa vie à la plus éblouissante et même spirituelle des créatures, qu'on voit pour la première fois, et quand son mari tremble de jalousie à deux pas de là, ce n'est qu'un jeu : tandis que de consoler une humble et laide infirme au fond d'une maison de province, en des circonstances plus que risquées, frisant au besoin le ridicule, pour un homme du monde, voilà un exploit! Il y faut un abandon, une magnanimité, une exaltation!...

De nouveau, à ces mots « frère véritable », la pauvre Marthe avait pourtant les yeux pleins de larmes.

— Oh, merci... merci... Votre douceur me fait beaucoup de bien... Merci!... Il va me manquer désormais tant d'affection...

Après quoi, comme si elle avait réfléchi :

— Soyez mon frère, d'abord... L'ami viendra ensuite, je l'espère.

Gérard demanda l'heure de la mise en bière : il voulait être là.

— Je veillerai cette nuit, déclara-t-il.

— Mais vous serez bien fatigué : vous avez voyagé depuis hier soir. Nous nous trouvons en nombre : la sœur, l'abbé, ma cousine.

— J'y tiens absolument.

— Eh bien, venez donc... Ces heures affreuses m'ont brisée : je me sens morte de lassitude et de chagrin. Demain, cependant... oui, demain, voulez-vous que nous causions un peu... fraternellement ? Je vous parlerai d'elle, de sa bienveillance, de sa charité, de la façon dont elle savait donner, de son cœur. Ma maman chérie!...

Il faut bien que vous appreniez à la connaître aussi... votre mère...

Ils se quittèrent très émus, — elle surtout, qui n'avait plus de force.

VII

Gérard entra vers onze heures et demie du soir dans la chambre transformée en chapelle. Le cercueil verni reposait parmi quelques fleurs : on avait ôté les plus grosses. Sur une petite table, des cierges allumés éclairaient l'eau bénite, le buis, le crucifix. On distinguait à peine la tenture rose et maïs, et à travers les persiennes s'insinuait le parfum de la nuit d'été. De temps à autre, une auto ronflait là-bas, sur la route, doucement et vite à la fois. Puis le calme retombait, non sans un vague bruissement de soie : c'étaient les dérisoires peupliers frissonnant au dehors par ce minuit d'août, comme des arbres poussés en plein vent au bord d'une prairie puissante... Certes, la pièce était silencieuse, même recueillie, si l'on veut, mais non pas réellement solitaire, car la nature y glissait des antennes.

Mlle Marthe Acrambelle, lui dit la sœur Saint-Philippe, venait de se retirer : on avait obtenu enfin qu'elle consentît à dormir, ou du moins à essayer de trouver un peu de sommeil. La vieille cousine de Lille était à la disposition de Gérard, afin de veiller à son tour, quand il le désirerait.

— Je vous en prie, ma sœur, qu'on me laisse ici toute la nuit.

— Vous n'aurez qu'à frapper, monsieur, Mlle Félicie se trouve toute prête, sur un fauteuil, derrière cette porte : vous ne la dérangerez nullement.

Gérard demeura seul. Il contempla longtemps le cercueil, écouta s'émouvoir en lui des souvenirs, des regrets, le silence, la nuit... Puis il s'assit à côté d'un guéridon sur lequel luisait en veilleuse une lampe électrique entourée d'un voile bleu, assez léger toutefois pour ne pas étouffer la lumière. Auprès de la lampe, se trouvait un album de photographies... Quoi, le fameux album, sans doute ?... Etait-ce là sa place accoutumée ? Où bien Marthe Acrambelle l'avait-elle disposé sur ce meuble et sous cette veilleuse, afin que Gérard le pût feuilleter durant ses heures de veille ? Il n'y avait rien que de naturel à l'ouvrir, au moins...

D'ailleurs, Gérard n'y eût point résisté, quand

il l'eût sincèrement voulu. Revoir une silhouette ancienne de lui, c'était tout à fait intéressant : il se rappelait maintenant fort bien le portrait auquel Marthe avait fait allusion. C'était une photo très ressemblante, très nette, prise dans l'hiver de 1912, par son camarade Hervé Lemouël, sur la terrasse de Monte-Carlo. Gérard était venu passer une quizaine dans la villa des Lemouël, au bord de la Méditerranée. Il se trouvait alors âgé de dix-neuf ans. Son deuil s'achevait, et déjà l'héritier précoce des Lavergne soutenait contre le vénérable M. de Manégat, son oncle et tuteur, une lutte indomptable, touchant les dépenses somptuaires : l'un procédant à coups de factures et de recours aux dettes, l'autre par la menace perpétuelle de l'assemblée de famille et du conseil judiciaire, la guerre finissait tant bien que mal par des sommes rondes qui tombaient dans les poches du jeune homme, d'où elles s'envolaient sans tarder. Bref, tout « gigolo » qu'il fût encore, Gérard Lavergne se voyait déjà salué par les maîtres d'hôtel avec un grand respect. Les dames n'ignoraient point ce détail. En outre, il était charmant, ce garçon, charmant à voir et drôle à entendre : une ravissante figure, et de l'outrecuidance, — plus qu'il n'en fallait pour plaire, lui aussi, à mille et trois d'entre elles.

Une après-midi : « Ne bouge plus !... », lui avait soudain crié le jeune Hervé Lemouël, qui promenait partout un magnifique appareil de photographie, muni d'un objectif sans égal. Gérard souriait dans cette minute-là : docilement, il avait donc gardé la pose, sans cesser de sourire avec beaucoup de grâce. Et le résultat de cette véritable surprise avait été un cliché remarquable, sur lequel on voyait un comte Lavergne fort joli, cambré dans un pardessus à taille, bien ganté, le chapeau en arrière, le regard clair, l'aspect insolent. Hervé Lemouël, dont la vanité de photographe était immense, avait fait tirer de son cliché — de son chef-œuvre — des épreuves sans nombre, qu'il distribuait avec prodigalité. Gérard reconstituait parfaitement, à présent, l'histoire de cette photo, et la reverrait sans désagrément, car elle lui plaisait... Mais comment, mais pourquoi s'était-elle donc trouvée entre les mains de la défunte ? Aucune Mme Acrambelle n'avait pourtant été connue à Monte-Carlo, ni de lui, Gérard, autant qu'il lui souvenait, ni sans doute d'Hervé, ni de la petite troupe d'amis en compagnie desquels tous deux jouaient au golf, faisaient des randonnées en auto, promenaient des demoiselles et couraient les bars de la côte.

Mais quelque attrait que dût présenter pour sa fatuité ce vieux souvenir, assez flatteur, on doit pourtant convenir que si la main de Gérard tremblait si fort en ouvrant l'album, c'était surtout à la pensée d'y rencontrer enfin le portrait de Mme Acrambelle, de la disparue elle-même — de sa mère. Il n'avait pu contempler, jusqu'alors, que le blanc visage sur le lit mortuaire, les traits de marbre affinés par la mentonnière. En revanche, il n'avait aperçu la moindre photographie accrochée dans les pièces où il avait eu accès, au château de Saint-Genest. Rien non plus sur les meubles. Au milieu de la cloison de la chambre pendait seulement une grande et morne peinture représentant un monsieur à mine bonasse : feu Acrambelle, évidemment. Au chevet encore, voici une délicate miniature : la pauvre Marthe, petite fille — hélas, bien embellie ! Or, c'était là tout : de la défunte, point de trace. Nul doute que Marthe n'en conservât près d'elle, pourtant. Gérard l'interrogerait demain : en attendant, l'album, vite l'album... Il commença de feuilleter, le cœur battant.

Ah, voilà !... Oui, voilà de nouveau feu Acrambelle, bien plus jeune, avec une femme assez élégante à son côté. Gérard la reconnaît aussitôt : c'est sa mère, sans doute à l'époque de son mariage. Indiscutablement, Gérard ressemble à cette dame encore mince et jolie : même nez, même sourcils, même genre de sourire probablement. Là, par malheur, elle sourit par ordre du photographe, ce qui gâte tout.

Plus loin, la voici de nouveau. Elle s'empâte, elle est moins bien, sa toilette semble plus prétentieuse et plus fagotée. Gérard s'étonne un peu, se trouble...

La petite Marthe apparaît : pauvre enfant, qu'elle semble chétive ! A six ans, une nourrice la porte... Puis des inconnus occupent des feuillets et des feuillets...

Soudain, Gérard tressaille, place l'album en bonne lumière : c'est lui, c'est bien lui en personne, il se retrouve ! Sur une page d'honneur, son portrait de 1912 — celui d'Hervé Lemouël, en effet, — s'épanouit au milieu de tous ces personnages ternes. Le chapeau, la pose, le regard...

D'un trait, il efface onze années, et, comme par miracle, Monte-Carlo, Cannes, cent aventures renaissent du passé si proche et si lointain... Une date est inscrite à la main sous la photographie : *janvier 1912*. C'est bien exact. Et, en face, sur l'autre page... Mon Dieu, la maréchale !

Mais oui, mais oui, c'était parfaitement celle que ces impudents gamins, Hervé Lemouël, Gérard et sa bande, avaient surnommée avec ironie « la maréchale », à cause d'un haut chapeau à panache comme on en portait cet hiver-là, et qui était si comique au-dessus de sa corpulence. Elle avait posé chez un photographe de la Riviera, et voilà que Gérard revoyait tout d'un coup, jusqu'à l'hallucination, ses reins solides et sa forte poitrine de matrone bien nourrie, ses perles, et, en même temps, son air infiniment doux, pour ne pas dire timide... Et toute l'anecdote pitoyable de cette pauvre maréchale se reformait brusquement en lui : désolante anecdote, mais bien puérile aussi, et qu'il avait totalement oubliée jusqu'à cet instant même. En vérité, du reste, il n'y avait guère sujet d'en garder une pieuse mémoire !...

Or, la maréchale, c'était bel et bien Mme Acrambelle... Mais comment Gérard eût-il tout d'abord découvert un lien quelconque entre la svelte et charmante jeune femme qui figurait au début de l'album près de feu Acrambelle son époux, et cette bonne grosse personne empanachée de Monte-Carlo ? Comment, surtout, eût-il songé à cette créature falote, un peu bouffonne, rencontrée jadis par hasard sur la Côte d'azur, tandis que ce matin il contemplait avec une émotion poignante le masque émacié, les traits à jamais silencieux d'une morte, — et de quelle morte !

La maréchale, l'infortunée maréchale !... sa mère !

Gérard s'était senti pâlir. Votre cheval fait un écart, et met le pied près d'un gouffre : ce n'est rien. Mais retournez-vous sur la selle, mesurez le ravin : vous voilà blanc.

Un soir de ce janvier 1912, comme il dînait au *Grand Hôtel* de Monte-Carlo, avec ses amis et des demoiselles frivoles, un des smokings — Hervé lui-même peut-être — se pencha vers Gérard en riant :

— Veux-tu que je t'offre une grosse dame ?

— Merci. Je n'ai pas faim.

— Mais, mon vieux, elle a des perles.

— Il me reste un peu d'argent.

— Tiens, tu n'as pas de cœur.

— Allons, où est ta cliente ?

— Tout près. Deuxième table à droite de la porte... Mais ne te retourne pas tout de suite, elle se trouverait mal. Et ne souris pas, tu la tuerais. Depuis vingt minutes qu'elle est là, elle n'a pas avalé une bouchée, tant elle te regarde. C'est l'extase. En fais-tu, des malheureuses !

Nonchalamment, Gérard avait pourtant fini par se retourner : deux dames, en effet, se trouvaient vis-à-vis l'une de l'autre à une petite table. La première était douée d'un heureux embonpoint, et, ainsi que l'avait dit Hervé, portait au cou un honorable collier de perles. Maigre en revanche, sensiblement plus âgée, et mise sans le moindre luxe, la seconde semblait plutôt quelque vieille et respectable demoiselle de compagnie. Cette dernière, d'ailleurs, tournait en partie le dos à la table des jeunes gens, alors que la dame au collier leur faisait face : et, sans un mouvement, comme inerte et frappée de stupeur ou d'adoration, les yeux fixes, les mains étendues sur la table, elle contemplait Gérard, c'était vrai, Gérard seul, — et de toute son âme, la pauvre !

— Dis donc, Hervé, observa l'objet d'une telle ferveur, elle a de la bouteille, ta protégée. Tu ne me trouves pas un peu mûr ? Il les lui faut sûrement plus jeunes.

— Mais prend le miroir de ta voisine : tu as quinze ans, ce soir. On croirait son petit-fils. Tu es juste à point. Je vais le lui dire...

Et Hervé Lemouël fit mine de se lever. « Quoi ?.. Qu'est-ce que c'est ?... » demandèrent aussitôt les demoiselles. Toute la table s'intéressa. Il y eut des rires, un certain brouhaha, quelques têtes se tournèrent vers la dame au collier qui, se voyant remarquée, tressaillit soudain, adressa un signe à sa compagne, se leva et sortit. Son honnête visage paraissait bouleversé: L'impitoyable Hervé feignit la pire inquiétude :

— Et quand on la trouvera demain matin à côté de son browning, dans les jardins du Casino, on dira encore que c'est le jeu.

Toute la nuit, et le jour suivant, ce furent des taquineries sans fin : on félicitait Gérard de sa nouvelle conquête. Ces demoiselles surtout ne

tarissaient point, touchant la teinte si délicate-
ment rosée que l'eau oxygénée contribuait à
répandre sur les cheveux à demi châtains et
sans doute à demi-gris de cette matrone.

— Qu'est-ce que ça signifie au juste, une
matrone? demanda l'une de ces jeunes personnes
nommée Irène Darban.

— Dame ! ça veut dire beaucoup de travail, lui
répondit-on. Tu verras la mine de Gérard dans
deux semaines. Un quinquina, Gérard ? Avec
un peu de kola ?... Il te faut des forces.

Avant le déjeuner, Irène Darban fit irruption
au bar.

— Grouillez-vous ! La bonne femme d'hier,
la matrone, est assise sur la terrasse, coiffée d'un
chapeau de général... non, de maréchal, car il est
de taille ! Il ne faut pas manquer ça. Venez vite !

En effet, Mme Acrambelle — la « maréchale »,
ainsi qu'on l'appela dorénavant — rêvait, enve-
loppée dans une fourrure, et surmontée de son
terrible chapeau.

— Elle te voit dans ses rêves, fit Hervé.

Hélas ! il ne croyait pas si bien dire.

Cependant, Gérard commençait à être las de
cette plaisanterie un peu longue.

— Allons, fit-il, je vais l'inviter à déjeuner, puisque vous y tenez tous tant.

— Chiche !

— C'est vendredi : le temps de lui demander si elle fait maigre, et je reviens.

D'un pas négligent, il s'était alors dirigé vers la maréchale qui, en l'apercevant, se mit à trembler. Gérard souriait, à peine gêné : il s'avançait, le chapeau à la main :

— Madame, dit-il très gentiment, écoutez, je vais tout vous dire. La franchise vaudra mieux, d'ailleurs, vous ne vous scandaliserez pas autant... Voilà : j'ai fait un pari avec mes amis. Oui, j'ai parié de vous inviter à déjeuner ce matin. Mais attendez que je me présente : je suis le comte Gérard Lavergne. Evidemment, ce n'est pas très correct...

Il en resta là, toutefois, stupéfait. Deux longues larmes coulaient sur les joues de la maréchale.

— Mon pauvre enfant, murmurait-elle... Mon pauvre enfant...

Et, comme la veille, elle s'est levée sans ajouter un mot, et s'est éloignée en s'essuyant les yeux.

Gérard n'y comprit rien. Ses amis non plus.

D'autant que jamais il ne revirent la maréchale. Hervé Lemouël, néanmoins, qui se trouvait de tempérament un peu « commère », et voire un peu policier, dit le lendemain à son ami :

— Tu sais qu'elle est partie hier même, dans la journée, ta maréchale... Ma foi, j'ai remis au concierge de l'hôtel un petit cadeau pour elle, avec ordre de le lui donner au moment de son départ.

— Un bijou ? Tu te ruineras.

— Non, ta photographie. Mon chef-d'œuvre.

— C'est stupide.

— Laisse donc, ça lui fera un souvenir dans sa province.

— Elle habite loin ?

— Tu n'as qu'à regarder son chapeau.

— On t'a dit son nom ?

— Oui. Carouelle, Acourelle, Carambelle, quelque chose dans ce goût-là. Ça t'intéresse ? Tu fais de la fièvre ?

— A tel point que je vais me coucher...

Carouelle, Acourelle, Carambelle, pauvre nom oublié dix minutes après qu'il s'était envolé des lèvres d'Hervé, voici qu'il résonnait aujourd'hui de nouveau dans l'âme de Gérard, — et le son en était lourd et plaintif comme un glas.

Toute cette humble et niaise histoire venait de revivre soudain pour lui jusqu'en ses plus indésirables détails. Gérard, maintenant, se rappelait sans la moindre omission ces moqueries en somme assez grossières, et cette cruelle gaîté de collégiens en vacances. L'album tombé sur ses genoux, et le menton sur la poitrine, il repassait sans efforts par ces moments dont il n'avait pu soupçonner alors l'espèce d'horreur, et, en tout cas, l'enfantine goujaterie. Il en souffrit, il en avait honte, il en avait peur.

Ce matin, devant le corps rigide et les traits glacés de la morte, il songeait, avec une émotion sincère et tendre : « Ma mère... que je n'ai jamais connue, que je n'avais jamais vue, à qui je n'ai jamais parlé... » A présent, il fallait donc convenir qu'il l'avait vue, une fois au moins de son vivant, qu'il lui avait parlé, qu'elle-même... Et que lui avait dit cette mère malheureuse, avec autant de pitié que de douceur : « Mon pauvre enfant !... »

En son existence entière, — et quand il n'avait pas tenu à lui qu'elle se trouvât si indignement bafouée ! — elle lui avait adressé ces trois mots, ces trois seuls mots : « Mon pauvre enfant !... »

Gérard regardait le cercueil de tous ses yeux, Gérard perdait la tête.

Et puis, quelle contenance observer, désormais, et comment se comporter en présence de cette Marthe, qui semblait si délicate? De quel front l'aborder? Connaissait-elle cette abominable dérision de Monte-Carlo? Gérard allait-il devenir, non seulement la fable des journaux, mais encore n'était-il pas tenu pour un fat à peu près ignoble par cette jeune infirme, sans doute bien méprisante, au fond, et par beaucoup d'autres aussi, peut-être, dans cette maison de Saint-Genest?

Miséricorde! qu'est-ce que le comte Gérard Lavergne était venu faire à Lille ? Enterrer sa mère? Soit... Ainsi que c'était son devoir? Bon. Entendu... Mais... mais...

Il demeura pendant trois ou quatre heures plongé dans une sorte d'égarement, d'abattement. En vérité, la bière le gardait plutôt qu'il ne veillait près d'elle.

Quand la nuit faiblit, Gérard entendit les peupliers frissonner davantage. Il fit soudain très froid. Alors, une espèce de fantôme ouvrit la porte. C'était la vieille cousine de Lille.

Elle semblait vraiment livide comme un revenant, après cette nuit trop courte. Elle chuchota :

— Je viens vous remplacer. C'est l'heure. Allez dormir, à votre tour. Si vous désirez rester ici, vous le pouvez. Sinon, une voiture vient d'arriver : elle est devant la porte, et vous reconduira jusqu'à votre hôtel, à Lille.

— Mais, Madame, je pouvais bien demeurer encore. Ce n'était pas la peine. Je ne suis pas si fatigué...

Il parlait un peu au hasard. Or, à ces mots bienveillants, la vieille s'attendrit aussitôt. Elle en avait l'habitude.

— Ah ! laissez, fit-elle, laissez-moi prier près de ma chère amie. Je ne la quittais pour ainsi dire jamais, songez donc ! Je l'aidais dans ses charités. Je la voyais chaque jour. Pas une fois elle n'avait voyagé, depuis son veuvage, sans m'emmener avec elle...

Gérard se sauva presque. Au dehors, en effet, une antique voiture, attelée d'un cheval trop petit, attendait dans le crépuscule du matin. Elle se mit à rouler lentement vers Lille blafarde et morte.

Parvenu enfin à l'hôtel, le cocher dut frapper
au carreau de la portière avec son fouet : « Eh !
monsieur, nous sommes arrivés. » Ce n'était pas
que Gérard dormît : mais il ne s'apercevait de
rien, il était ivre d'incertitude et de tristesse.

VIII

A l'hôtel, la chambre de Gérard était morfondue dans le petit jour : lui-même avait ouvert les persiennes avant que de sortir, la veille au soir. Une vulgaire pièce de palace, déjà hostile, vilaine, sur quoi se traîne la clarté de l'aube, qu'y a-t-il de plus rebutant, de plus livide et glacial, blanchâtre et glauque à la fois? On se croirait à l'intérieur d'une méduse morte, le cœur lève.

Gérard posa son chapeau sur la table : un petit carré de papier blanc se détachait au milieu du tapis décoloré, contre le nécessaire de toilette. On a remarqué l'espèce de mépris que paraissent témoigner certains billets pliés sous de petites enveloppes trop propres et trop nettes : « Prenez-moi, laissez-moi, semblent-ils dire sèchement, peu m'en chaut. Je suis là, voilà tout. Et veuillez constater ma correction. Vous n'avez rien à me reprocher. A vous d'être bien élevé, si vous y tenez, — personne ne vous voit — ou de me chiffonner avec grossièreté. J'attends...» Odieux!

« Qu'est-ce encore que ça? » pensa Gérard avec un vrai mouvement de haine contre ce papier inattendu.

Or, c'était une lettre d'un certain Duval-Réault, un camarade du temps de guerre, et qui habitait Roubaix, où il menait de grandes usines. Président de la Société des courses de Lille, membre de nombreux cercles à Paris, principal organisateur du Concours hippique de Roubaix, portant le bouton de deux grands équipages, Gaston Duval-Réault se montrait néanmoins bon garçon. Il plaisantait fraternellement avec les multimillionnaires, ou s'en flattait. Avec les ducs, il était à tu et à toi, ou le croyait. Avec Gérard, personnage connu, il évoquait d'une voix affectueuse les souvenirs du front, et surtout s'il y avait là du monde, ce qu'on appelle du monde, non pas n'importe qui.

« Duval-Réault, songea Gérard, je l'avais bien oublié par exemple. C'est vrai qu'il habite par ici : mais comment n'est-il pas à Deauville?... Roubaix, en août!... »

Qu'on se trouvât contraint de paraître chaque jour dans un bureau d'usine, même parfois en été, et non seulement d'y paraître, mais encore d'y passer de longues heures à travailler entre le téléphone et la dactylo, voilà ce que Gérard ne pouvait concevoir sans efforts : il savait que les choses avaient lieu ainsi, de temps à autre, ou voire assez souvent, mais il lui fallait réfléchir avant que de s'en bien persuader.

« Mon cher Lavergne, disait la lettre, j'ai appris que tu étais à Lille. (Ils se tutoyaient depuis la guerre.) Je sais qu'une circonstance douloureuse t'a appelé dans nos pays. Mme Acrambelle était, paraît-il, ta parente : je t'envoie mes sincères condoléances. J'irai d'ailleurs demain à l'enterrement, et te renouvellerai de vive voxi l'expression de mes sentiments attristés. Si tu restes un peu à Lille, je serai très heureux de te serrer la main, et de déjeuner avec toi dans la plus stricte intimité, à moins que ton deuil ne te le permette pas. Les meilleures amitiés de ton vieux camarade,

GASTON DUVAL-RÉAULT. »

En vérité ! Et sous le prétexte d'être en effet son vieux camarade de guerre, ce Duval-Réault, que Gérard rencontrait peut-être six fois l'an, au Concours hippique de Paris, aux courses ou au Cercle, ce vaniteux, ce hobereau prétendait donc déjeuner avec lui, à la faveur d'un deuil de province? Et cela, pourquoi? Dans l'espoir, probablement, de lui tirer les vers du nez, comme on dit.

Afin de le confesser, de savoir le fin du fin, touchant la parenté qui unissait le petit comte Lavergne, fameux dans les communiqués mondains, et cette bonne Mme Acrambelle, célèbre à Lille par ses œuvres pies. Afin de pouvoir ensuite potiner à Paris et cancaner tout son soûl, et se répandre en facéties, saillies et sous-entendus exécrables au sujet d'une naissance plutôt bizarre, il en fallait convenir, et néfaste pour une réputation naguère si soignée, on ajoutera même exquise. Quand ce ridicule Duval-Réault n'y entendrait malice, il n'en bavarderait pas moins pour sembler renseigné sur les dessous de la société parisienne : une pareille bonne fortune, l'important de province ne la rencontre point chaque jour, certes !

D'autant qu'il devait déjà bien se douter du mystère — de ce que Gérard, hélas ! avait cru jusqu'alors un mystère — puisque tout le monde avait l'air au courant, à Saint-Genest et,

par conséquent, dans tout Lille, Roubaix, Tourcoing et le département. Il suffirait après cela
que Duval-Réault aperçût son camarade envi-
ronné de discrets égards à l'enterrement —
seraient-ils même discrets? — pour ne pas
nourrir l'ombre d'une incertitude sur le « cas
Lavergne »...

L'inquiet Gérard eût pourtant dû songer, s'il
eût été non seulement un philosophe, mais tout
bonnement un sage, que son ami Duval-Réault,
retenu en plein août par le soin de ses usines,
s'ennuyait cruellement à Roubaix, loin des chevaux, loin des dames, loin des personnages ordi-
nairement dessinés par Sem, loin des ducs, loin
de tout. Un comte Lavergne venait-il à passer,
arivait-il de Deauville par surcroît? Ah! quelle
qu'en fût la cause, quelle aubaine! Vite, il fallait déjeuner avec cet homme-là... Mais le Pari-
sien venait pour un enterrement, celui de l'excellente Mme Acrambelle? Eh bien, Duval-Réault
irait à cet enterrement, auquel il avait été con-
voqué, parbleu! comme toute la ville. La
défunte n'était pas sans doute si proche parente
de Gérard qu'il y eût inconvenance à proposer
un déjeuner tête-à-tête. En cas d'erreur, l'invi-

tation tomberait, voilà tout... Ainsi pouvait avoir
raisonné le Duval-Réault — et pas si mal, en
somme.

Mais le bâtard affolé de Mme Acrambelle ne se
trouvait plus capable d'envisager deux solutions
d'un même problème — si jamais il l'avait été,
car ce n'est pas si facile à un homme qui a des
principes, ceux-ci ne fussent-ils que de salon.
Son esprit ne s'arrêta qu'aux plus noires inten-
tions, celles évidemment de l'impudent Duval-
Réault. Non, bien entendu, Gérard ne se rendrait
point à cette invitation sournoise, perfide. Il ne
répondrait même pas : au panier, le sot billet !
Et le lendemain, à l'enterrement...

Le lendemain ? Il ne s'agissait pas du lendemain ; c'était aujourd'hui même, ce matin, dans
sept ou huit heures, qu'il faudrait affronter les
regards suspects d'un tas de Duval-Réault, puis
les airs compatissants des dames de la *Coopérative chrétienne*, les secrètes condoléances d'une
cohue provinciale, d'une foule dévorée par la
curiosité, où allaient infailliblement fourmiller
les journalistes.

Ici encore, Gérard eût mieux fait d'observer
que Lille, Roubaix et Tourcoing — auxquelles il

songeait comme aux trois têtes du monstreux Cerbère — étaient des cités énormes, parmi lesquelles Mme Acrambelle, toute riche et charitable qu'elle se fût montrée de son vivant, s'était apparement perdue comme un bleuet dans une plaine de blé ; qu'en outre, il y avait peu de raisons pour que Marthe Acrambelle tînt à divulguer un secret qui ferait scandale dans son entourage ; que l'abbé se voyait tenu au plus profond secret, par décence, par devoir ; et qu'hormis ceux-là, les autres ignoraient probablement tout, en réalité, qu'ils avaient simplement accueilli Gérard avec la politesse des anciennes sociétés françaises, dont la première obligation était de ne point poser des questions indésirables et non encouragées.

Mais le comte Lavergne, optimiste, souriant et menant grand bruit à Deauville, se sentait douloureusement pessimiste, persécuté, faible et humilié à Lille. Il ne formait que des pensées chétives, absurdes. D'ailleurs, que savait-il de Lille et de ses environs ? Est-ce qu'un homme tel que lui n'ignore pas les villes industrielles et les départements à usines, où il n'y a ni chasses, ni châteaux, ni plages, ni villes d'eaux, ni sports d'hiver, ni polo ? Gérard connaissait Londres, Le Caire, Dinard, Pau, la Côte d'Azur, Saint-Moritz, le Lido et les palaces de Rome ; mais Lille, voyons !

Lille où, même en août — à l'aube, il est vrai, et après une nuit de veillée funèbre, — il fait si froid !... Le pauvre garçon que voilà, dans sa chambre d'hôtel, grelottait presque. Il se sentait d'ailleurs accablé, mort de fatigue et d'émotions, amoindri par toutes sortes de hontes et de dégoûts. Marthe Acrambelle voulait le voir dans la journée, pour lui parler de la chère disparue ; mais il se trouvait tellement déconcerté, et en somme dominé par cette infirme, à laquelle il ne savait comment parler — lui, le comte Lavergne — que cette entrevue le mettait d'avance au supplice. Enfin, cette lamentable vieille histoire de Monte-Carlo... Qui savait si sa demi-sœur n'en avait point été par malheur informée ? En ce cas plutôt mourir là, tout de suite, ou se sauver, disparaître !... Gérard se laissa tomber sur un fauteuil.

Et il s'endormit.

Il se réveilla quelques trois heures après, complètement transi et moulu. Il se regarda machinalement dans la glace : quelle figure ensemble bouffie et creusée, quel mauvais teint, et puis ce costume tout fripé, dans lequel il avait dormi !... Gérard sonna le garçon.

Celui-ci arriva, mal éveillé encore, cependant plein d'un secret respect, parce que la valise du 74 — c'était le numéro de la chambre — et les ustensiles de toilette avaient bonne apparence ; s'ils ne commandaient pas forcément un honnête pourboire, du moins le laissaient-ils espérer.

— Il est bien tôt, dit Gérard. Trop tôt pour avoir déjà un bain, n'est-ce pas ?

— Mais non, Monsieur. Il y a de l'eau chaude dès cinq heures du matin.

— Parfait. Bon hôtel. Et est-ce qu'on ne pourrait pas, par hasard, donner un coup de fer à mon pantalon ?

— Que Monsieur n'ait pas peur ; je ferai ça moi-même. Je sais comme on s'y prend.

Gérard enfila un pyjama, puis se dirigea vers la salle de bains.

Le garçon qui, à cette heure, disposait de son temps, et avait lu dans la doublure des beaux vêtements le nom d'un tailleur anglais, se montrait aux petits soins. Trois quarts d'heure n'avaient point passé qu'il rapportait un pantalon droit comme une planche, des souliers luisants, et enfin du chocolat très chaud, qui sentait positivement le chocolat.

— Pour se lever si tôt, fit-il de l'air le plus engageant, Monsieur prend probablement le train de 7 h. 50 pour Paris ?

Qu'est-ce qui se passa, l'espace d'un éclair, dans l'âme de Gérard ? Il se sentait maintenant lavé, frais, à mille lieux de Lille et des humbles gens de Saint-Genest. Cette maison en deuil ne lui laissait qu'une impression de fièvre et d'indicible malaise. L'album de photographies ressemblait confusément à une sorte de pilori. Et puis, cet enterrement, tout à l'heure, cette journée, Marthe Acrambelle et ses yeux de feu, trop perspicaces... En définitive, y avait-il donc nécessité absolue qu'il figurât à l'église, au cimetière? Non, vu que son nom ne paraissait point, naturellement, sur les lettres de faire-part. Allait-on, par hasard, le placer dans la famille ?

Le train de 7 h. 50 le mettait à Paris au début de l'après-midi. Il suffisait de jeter dans la valise quelques objets épars ; dix minutes, et tout était prêt...

Lille? Eh bien, mais Gérard l'avait vue, la grande cité du nord, il n'y reviendrait jamais, à coup sûr.

Sa mère?... Hélas, sa mère... C'était de très bonne foi, avec la plus profonde sincérité qu'il s'était senti trembler d'émotion devant la chère tête glacée sur l'oreiller mortuaire. Qu'ajouteraient à cette émotion-là les intolérables péripéties d'une cérémonie, au cours de laquelle Gérard ne pourrait que produire un étonnement scandaleux —à moins de disparaîire dans la foule, totalement inconnu, et, alors, qui s'étonnerait de ne pas l'avoir vu?

L'abbé Meunynck ? Allons, Gérard était accouru sur un simple avis téléphonique, en fallait-il davantage encore pour satisfaire ce prêtre exigeant ?

Restait Marthe... Mon Dieu, elle était charmante et attachante, cette petite, cette malheureuse petite. Son frère secret lui souhaitait tout le bonheur possible. Elle aussi lui avait assurément touché le cœur en un point très sensible. Cependant, de même que Lille, jamais il ne la reverrait, c'était presque certain... En outre, un cauchemar le hantait maintenant; l'histoire de la maréchale! Que d'aventure Marthe en eût jamais appris quelque chose, qu'elle le laissât seulement deviner à Gérard...

— Vous dites, fit-il au garçon, que le train est à 7 h. 50.

— C'est ça même, Monsieur : dans moins d'une heure, bien comptée. Faut-il commander l'omnibus ?

Gérard s'entendit répondre en écho :

— Commandez l'omnibus.

C'en était donc fait... Eh bien, soit! On doit savoir se conduire en homme, non en pleurnicheur atteint de sensiblerie, et partant d'incurable faiblesse. Gérard ajouta d'une voix ferme :

— Et apportez-moi la note.

Parole définitive, pour le coup.

Bref, huit heures du matin n'avaient pas encore sonné que le comte Gérard Lavergne regardait par la fenêtre de son vagon filer les désolantes maisons de Lille...

Là-bas, à Saint-Genest, priait Marthe Acrambelle. Elle priait pour le repos éternel de sa mère passionnément aimée. Mais en même temps elle remerciait Dieu de lui avoir rendu un frère mystérieux, et jusque-là inconnu, à l'heure la plus

douloureuse de sa vie martyrisée. « Je suis mal
née, ô mon Dieu, disait-elle avec ferveur, et vous
m'avez fait bien souffrir. Cette fois, du moins,
vous aurez eu pitié ; une lueur de tendresse aura
encore brillé pour moi. Bénie soit votre Provi-
dence, ô mon Dieu ! Notre Père qui êtes aux
cieux... »

IX

Aux courses de Deauville, cependant, Olivier Sibourt faisait en ce même jour ses adieux à Marcelle Pirenne, qui, revêtue d'une robe à fleurs, avait la fraîcheur d'un jardin de mai.

— Alors, lui disait-elle, tu t'en vas? Et pourquoi? Plus d'argent?

— Bien sûr. Si les prix littéraires étaient inépuisables, on ne travaillerait plus. Tu ne sais pas ça? Qu'est-ce qu'on vous apprend, au couvent?... Et puis, je m'en vais, parce que je souffre.

— Encore une vilaine femme, je parie?

— Tu as gagné. C'est toi, la vilaine. Ce que tu dois avoir la conscience chargée! Tu n'oserais pas me la montrer... Enfin, est-ce chrétien de repousser, comme tu l'as fait, un pauvre garçon qui t'aime et veut te caresser? Un innocent écrivain, modeste et parfaitement soigné? Tu n'imagines pas mes dessous, ma chère... Et tout ça, pourquoi ? Pour un gars qui t'a laissé tomber. Car où est-il, ton Lavergne, depuis quarante-huit heures ? Envolé ? Enlevé ?

— Est-ce que ça te regarde ?

— Je crois bien ! Mon rival !... Enfin, rappelle-toi ce que je t'ai dit : Tu en reviendras, de ton Gérard. Un jour, un beau jour, tu t'apercevras tout à coup que c'est un gros garçon...

— Oh ! encore ? Si tu appelles ça plaisanter, j'aime encore mieux quand tu pleures.

— Eh bien, je pleure parce que je te quitte, es-tu contente ?... Au revoir, Marcelle. Je serai parti ce soir. Pense à moi un peu gentiment. J'irai te voir à Paris — si tu le permets.

Marcelle Pirenne lui tendit la main d'une façon maussade. Qu'il s'en aille, après tout, cet être maniaque, et manifestement envieux : bon voyage !

Néanmoins, comme il passait pour fort intelligent, la jeune femme lui demanda, une dernière fois, par acquit de conscience :

— Ecoute, je trouve absolument stupide la scie que tu me montes avec ce pauvre Gérard. Mais enfin, puisque tu y tiens, explique donc un bon coup ce que tu entends par... cette expression inepte... qui lui va, à lui si svelte, comme un tablier à une poule...

— Un gros garçon ?

— Pourquoi t'es-tu buté sur ce mot là ? Quel rapport avec Gérard ?

Olivier Sibourt, ainsi consulté, avait pris son air le plus psychologue professionnel, c'est-à-dire que ses yeux, devinrent attentifs et graves, tandis que sa bouche souriait finement : tel est le rite.

— Le comte Gérard Lavergne, dit-il, a le verbe trop haut. Puis, on le croirait, à le voir, fatigué de séduire, on dirait que ça l'écœure d'avance. Or, j'ai remarqué que ces gens-là, un rien les démonte souvent. Ils sont alors personnages à piétiner les faibles pour se tirer d'affaire. Plutôt que de manier avec précaution des verres de Venise encombrants, ils brisent tout, comme de vrais paysans. Il arrive qu'un gigolo ravissant fasse ainsi le rustre, par paresse ou affolement...

Olivier Sibourt eût encore discouru longtemps à l'ombre charmante des arbres. Mais il s'aperçut que Marcelle Pirenne avait les larmes aux yeux, si bien qu'il se mit tout doucement à parler de la prochaine course.

ACHEVÉ D'IMPRIMER LE 25 MARS 1926
SUR LES PRESSES DE L'IMPRIMERIE ALENÇONNAISE,
11, RUE DES MARCHERIES, 11
ALENÇON (ORNE)

COLLECTION *LES SOIRÉES DU DIVAN*

VOLUMES PARUS :

EUGÈNE MARSAN :
Passantes (Epuisé).

ALEXANDRE ARNOUX :
Petite Lumière et l'Ourse.

JEAN-LOUIS VAUDOYER :
Ombres portées.

GILBERT CHARLES :
Apprentissage.

P.-J. TOULET :
Les Demoiselles La Mortagne (Epuisé).

JEAN DE LA VILLE DE MIRMONT :
Contes.

KIKOU YAMATA :
Sur des Lèvres Japonaises.

EDMOND JALOUX :
Le Rayon dans le Brouillard.

SAINT-MARCET :
Élodéa ou la Roue de la Fortune.

ALBERT ERLANDE :
A l'Ordre de Dieu.

LOUIS THOMAS :
Tentatives.

GÉRARD D'HOUVILLE :
Le Chou.
(Ne se vend plus qu'avec la série de 8 volumes)

PIERRE LIÈVRE :
Jeunesse se fane.

FRANCIS CARCO :
Avec les Filles.
(Ne se vend plus qu'avec la série)

FRANÇOIS FOSCA :
La Berlue.

FRANCIS DE MIOMANDRE :
Fumets et Fumées.
(Ne se vend plus qu'avec la série)

9 782329 580722